古典今译

余秋雨 著

作家出版社

目录

自 序　　　　　　　　　　　　　　　　　　4

今 译　　　　　　　　　　　　　　　　　　18

　　　离骚（原著 屈原）　　　　　　　　19

　　　逍遥游（原著 庄周）　　　　　　　30

　　　报任安书（原著 司马迁）　　　　　38

　　　兰亭集序（原著 王羲之）　　　　　49

　　　归去来兮辞（原著 陶渊明）　　　　51

　　　送李愿归盘谷序（原著 韩愈）　　　53

　　　愚溪诗序（原著 柳宗元）　　　　　57

　　　秋声赋（原著 欧阳修）　　　　　　60

　　　前赤壁赋（原著 苏轼）　　　　　　63

　　　后赤壁赋（原著 苏轼）　　　　　　66

本 文　　　　　　　　　　　　　　　　　　68

　　　离骚　　　　　　　　　　　　　　　69

　　　逍遥游　　　　　　　　　　　　　　92

　　　报任安书　　　　　　　　　　　　　101

兰亭集序　　　　　　　　114

归去来兮辞　　　　　　　117

送李愿归盘谷序　　　　　121

愚溪诗序　　　　　　　　124

秋声赋　　　　　　　　　127

前赤壁赋　　　　　　　　130

后赤壁赋　　　　　　　　134

书 法　　　　　　　　　　136

离骚（局部）　　　　　　137

逍遥游（局部）　　　　　153

赤壁赋（局部）　　　　　165

附：余秋雨文化大事记　　　169

■ 自序

一

这本书的出版，对我自己也是一个意外。

事情的发生，有一个奇特的由头。二〇一七年五月，中国艺术研究院在中国美术馆举办"余秋雨翰墨展"，出现的盛况把我吓了一跳。几乎每天都人山人海，据说这是中国美术馆成立半个多世纪以来最为轰动的展览之一。更惊人的是，全球通过网络共享这个展览的海外华侨，居然超过千万。可见，中国的千古翰墨，在今天依然具有巨大的吸引力。

当代参观者有一个不同以往的特点，那就是几乎所有的人都拿着手机在不停地拍摄。作品越是巨大，拍摄也越是密集，但奇怪的是，有几个书法作品之外的点，也形成了"拍摄拥塞"。挤进去一看，居然，是我挂在几个古典抄本之后的"今译"文本。

这种"今译"，很多书籍中都有，为什么大家要弓着腰，踮着脚，或者在别人肩膀的空隙间辛苦地拍摄呢？

一问，答案几乎一致：才扫几眼，就喜欢上了这样的译本。

二

很多青年观众指着这些译本对我说："感谢您，今天我终于把《离骚》完全读明白了，而且读得那么轻松愉快！"

"《赤壁赋》完全是后现代的散文诗，就像是上个月才写的！"

……

不仅是年轻人，连一些资深的作家、学者也在展览现场对这样的译本给予高度肯定。

例如，中国作家协会主席铁凝说："你用现代诗意接通了古代诗意，让古代经典重新焕发出了美学活力。这实在是当下社会迫切需要的文化工程。"

国务院参事室主任王仲伟先生说："现代人面对这些古典，往往要凭借大量注释一句句啃，这就让文气破碎了。

也读过一些今译，但学术功力和文学功力都不够，把事情做低了。这个好，达到了两全其美。"

大家都希望赶快把我的这些今译汇集起来出一本书，连很多中、小学生也在老师们的带领下齐声向我提出了这个要求。我笑笑，没怎么在意。因为翰墨展的重点不在这里，而是评论家们所推崇的"文墨同笔"，也就是展出的所有碑文、楹联、题词，全都出于我自己的创作。抄译古典，只是一个陪衬而已，我不太在意。

但是，在翰墨展结束几个月后，作家出版社的责任编辑王淑丽女士又一次提起，专门出一本"古典今译"的书。社长吴义勤先生也热情支持，而且再度以专家的高度论述了接通现代诗意和古代诗意的美学使命。我想，既然他们代表了很多读者的心意，那就不要推辞了。

三

古典今译，确实不仅仅是技术性的语文转换。

既然是千年不灭的文学经典，必定蕴藏着一脉充满活力的神韵。这神韵并不只是栖息在一些隽语、名句上，而是静静地执掌着全篇。就像我们面对一个人的气质、风范、灵性、格局，无法具体地从他的衣扣、鞋带、口音、肤色上一一验证，却又那么强烈地散发远近，无可抵挡，也无可争辩。这在文章上，可称之为"文气"、"文心"、"诗意"、"诗品"，同样是一种通体笼罩却又无法捕捉的存在。没有它们，即使是差不多的遣词造句，差不多的抒情描写，差不多的形容排比，也只是一些丧魂落魄的篇什。

因此，今译之难，难在"招魂"。

"招魂"之始，是回顾自己初读该文时的惊喜原因。世上有那么多词句漂亮的篇章都只是匆匆浏览一过，为什么这几篇文章却让人耳目一新、不忍释卷？此间情景，就像"一见钟情"所带来的直觉震撼，如果能够寻得主要原因，那也就是寻得了魂的踪影。

"招魂"之继，是献出自己，让自己与遥远的作者通过

"移情"来"合魂"。他不再是古人，而成了自己的朋友，能够呼吸与共。他的一切思维方式、情感逻辑，已经与自己很近。因此，所谓今译，也就是用现代话语表述一个隔空而来的"自己"。

经历了这两度"招魂"，译事已成大半。剩下的文本转换技术，也就变得轻松自如。

大家从我的今译中就能发现，我译屈原，屈原就在我身上；我译庄子，自己也变成了半个庄子；我译苏东坡，苏东坡的言谈举止也就挪到了今天。

天下人心是相通的，异时能够相通，异地也能相通。我只有与屈原他们相通，才能让今天的读者凭借着我，与他们相通，与又高又远的文学星座相通。

四

本书选了十篇风格迥异的古典美文，来作试验。

第一篇是《离骚》。本来按时间算，它应该置于《逍遥游》之后。但是，它是十篇之中唯一的诗作，而屈原则是真正意义上的"第一诗人"。我在今译过程中充分感受到，最好的诗作并不表现为句式和韵律，而是在整体上呈现出一种上天入地、深契心灵、自由奔放、执守个性的至美品质。你看，即使今译脱卸了楚辞的华贵披风，但只要把持住了这种品质，也就没有把诗魂脱卸。屈原和《离骚》，对于整个中国文化中高贵诗魂的形成，起到了引领作用，因此有理由置于首篇。

我把它放在第一篇的位置，还有一个具体原因：这个译本已经相当出名。每逢端午节纪念屈原，网络上总会出现所谓"余版《离骚》"，很多年轻人在争相朗诵的，就是这个译本。大家看到了，我在译本之前加了三个衬托性的潜在问句："我是谁？来自何方？为何流浪？"然后紧接首句，构成对这些潜在问句的直接回答："我是古代帝王高阳氏的后裔……"据很多朗诵专家说，这种穿越时空的一问一答结构，特别能够引发他们低声开口的欲望。好，那就由它来引领全书吧。

　　《逍遥游》，篇名这三个字，早已成了我的人生理想和艺术理想。庄子首先是大哲学家，安踞先秦诸子中的至高地位，却又顺便成了大散文家。因此，他的文章，是哲学和文学的最佳熔结。由他开始，中国哲学始终渗透着诗意，而中国文学则永远叩问着天意。

　　司马迁的《史记》，是史学和文学的最高组合。很多学人都赞同我的一个论断：即便从散文上说，他也是中国的第一支笔，就连"唐宋八大家"也不敢望其项背。这次选译的《报任安书》，是他在《史记》之外的一篇自述。请想想看，一位即将完成历史上最伟大史学工程的旷世学者，竟然因一番温和的言论承受了人类最屈辱的阉割之刑。他没有自尽，只因为无法放弃那个最伟大的工程。他要把这种内心隐情讲给一个人听，而这个人又即将被处以死刑。因此，这是一封从一个地狱之门寄向另一个地狱之门的奇特书信。今后几千年中国人最重要的历史课本，就在这两个地狱间产生。这里边蕴藏着多么巨大的人格力量，简直难以估量。这篇书信没有《史记》那般从容挥洒，理由不言自明。珍贵，也正是在这种不言自明中。

以上这三个作品的篇幅都很大，接下来所收的文章就比较短了。这是对的，既然有了奠基，也就无须再长。

《兰亭集序》，以书法而著名。很多文人毕生都在临摹它，却对这短短三百多字的文理，不甚了然。开头一段对兰亭盛会的描写都能读懂，但对于从"夫人之相与"开始的议论，却混沌模糊了。其实这是魏晋名士们的言谈范例，王羲之写得还不算太玄，只是沿袭一时之习，凭着一些宏大的流行话语，做一些随意而放松的笔墨感叹。没想到，居然把笔墨感叹写得无比美丽。我译了一下，以求对得起那番不朽的书法奇迹，对得起那支庞大的临摹队伍。

陶渊明是司马迁之后真正的散文巨匠。我暂且搁置了《桃花源记》《五柳先生传》等名篇而选了《归去来兮辞》。此文纯真自然，恳切朴实，气路简约，很能代表他的风格。记得二十多年前我在仕途畅达之时毅然辞职，使上上下下很多友人深感不解，因此，我在辞职典仪上特地引用了《归去来兮辞》，大家一听，就明白了。不错，对我来说，那次辞职实在有点像他，是双重"归去"，既回归田园，也回归文学。那一天，陶渊明阐释了我。

接下来，当然是"唐宋八大家"了。八大家中，唐代两家，宋代六家。唐代两家是韩愈和柳宗元，我各选了一篇。对于韩愈，我没有选那些大家熟知的论述性文章，嫌它们理多文少，倒是选了一篇个人化色彩较强的篇目。有一个叫作李愿的朋友要回到隐居地盘谷去了，韩愈以文相送，写得有点意思。苏东坡曾说："唐无文章，惟韩退之《送李愿归盘谷》一篇而已。"（见《东坡题跋》）这口气有点大，但毕竟是苏东坡的见识，我们就顺着他读一读吧。

柳宗元的文章，也选了一篇个人化的《愚溪诗序》。我觉得此文比他那些写得很美的"记"更有深度，也更有趣味。他简直成了韩愈要送的那位朋友李愿了，住得那么偏僻，那么安静。但柳宗元毕竟是很能做文章的，以一个"愚"字提挈上篇，又以一个"溪"字叩出巧思，很不错。

就散文而论，宋代超过唐代。首先是欧阳修，然后是比他小三十岁的苏轼，也就是前面提到的断言"唐无文章"

的苏东坡。我选了欧阳修的《秋声赋》。他一上手就以"秋声"写出了大气沛然的好文章，后面有点弱，但结束得及时，也算是难得的佳篇了。相比之下，他的其他几篇有名的文章，虽然把一人、一亭、一堂都写得很精彩，却毕竟黏着得过于具体，受制约了。

　　我以苏轼的前后两篇《赤壁赋》来归结全书，显然是合适的。读了他的文章，便知道他有理由对唐文骄傲。风物、人事、情节都写得简捷而丰满，由此发出的感慨，又都是横跨时空的超逸思维，而不像别人的文章那样引向一种明确的道理。他把文章全部溶化在山水宇宙中了，却又始终贯串着一个既泛舟，又攀岩，既喝酒，又唱歌，既感叹，又做梦的人格典型。这个人格典型醉眼蒙眬，逸思高飞，天真好动，心无芥尘，比前面这些文章所隐藏的人格典型都更加可爱，更加阳光，这就是苏轼本人。他用自己的身心创造了一个悖论：无限亲近，又难以企及。

　　当代年轻人说他写的是"后现代散文诗"，很有见地。但是，我又相信，当这些年轻人全都白发苍苍之后，苏轼仍然是"后现代"。

说完了十篇，需要做一个解释。我的今译，集中在散文、辞赋，而不涉及唐诗、宋词。原因是，最优秀的唐诗、宋词，总是以古今相通的清透文辞来表达一种永恒的节奏和意境，早已广为人知，朗朗上口，成了中国人心中最普及的审美元件，那就既不必今译，也无法今译了。

五

最后，还要在编排技术上交代几句。

我非常看重古典今译在今天的"当下阅读"品质，也就是希望广大读者忘记年代、忘记典故、忘记古语，只当作现代美文来畅然享受。我相信，即便是屈原、陶渊明、苏东坡的在天之灵，也不愿意看到后人拿着他们的文章去一个字、一个字查词典的情景，而是更乐于听到异代人用自己的审美愉悦来与他们对晤，代他们放声。因此，我把今译全都放在第一部分，与古典原文分开，避免某些过于认真的读者一下子又掉进大量注释的泥淖里，步履艰难。如果读者能把这些译文看作"无时差文学"来欣赏，那么，倒会更加贴合古代作家的心灵。

古典原文，集中放在第二部分，并且又请专家选用了一些简明而又比较可靠的注释，供读者在读过第一部分之后，往还对照。

细心的读者在对照中可能会发现，现代译本与原文在内容上也有一些微小的差异，这很自然。本书在今译时严格追求学术意义上的准确，不发挥，不添加，不修饰；但由于思维节奏和语言逻辑上的时代性差别，免不了要在某些转弯抹角的地方加几个小小的箭头或把手。这样，就可以把那条条又新又旧的路顺当地走下去了。

本书的第三部分是书法，也就是我书写《离骚》《逍遥游》和《赤壁赋》的墨迹。但是，整个书法作品实在太长了，记得在中国美术馆展出时，每一篇都足足占了一个大厅的完整墙面。本书只能缩印一些局部片断，可谓窥豹一斑。如果喜欢书法的读者要领略全貌，可以参阅人民美术出版社编印的《余秋雨翰墨集》。

　　不管怎么说，这种古典今译还只是一种尝试，可讨论、可调整、可纠错的地方一定很多，望读者不吝赐教。谢谢！

　　　　　　　　　　　　　　　二〇一七年十一月一日

今译

原著　屈原

离骚

我是谁？

来自何方？

为何流浪？

　　我是古代君王高阳氏的后裔，父亲的名字叫伯庸。我出生在寅年寅月庚寅那一天，父亲一看日子很正，就给我取了个好名叫正则，又加了一个字叫灵均。我既然拥有先天的美质，那就要重视后天的修养。于是我披挂了江蓠和香芷，又把秋兰佩结在身上。

　　天天就像赶不及，唯恐年岁太匆促。早晨到山坡摘取木兰，傍晚到洲渚采撷宿莽。日月匆匆留不住，春去秋来不停步。我只见草木凋零，我只怕美人迟暮。何不趁着盛

年远离污浊，何不改一改眼下的法度？那就骑上骏马驰骋
吧，我愿率先开路。

古代三王德行纯粹，众多贤良聚集周旁：申椒和菌桂
交错杂陈，蕙草和香芷联结成行。遥想尧舜耿介坦荡，选
定正道一路顺畅；相反桀纣步履困窘，想走捷径而陷于猖
狂。现在那些党人苟且偷安，走的道路幽昧而荒唐。我并
不是害怕自身遭殃，而只是恐惧国家败亡。我忙忙碌碌奔
走先后，希望君王能效法先王。但是君王不体察我的一片
真情，反而听信谗言而怒发殿堂。我当然知道忠直为患，
但即便隐忍也心中难放。我指九天为证，这一切都是为了
你，我的君王！

说好了黄昏时分见面，却为何半道改变路程？[1] 既然已
经与我约定，却为何反悔而有了别心？我并不难以与你离
别，只伤心你数次变更。

---

1. 这两句的原文，宋代洪兴祖在《楚辞补注》中认为是衍文。我觉得文气确
   实稍有突兀，却以私人诘问产生了醒豁效果，所以保留。（秋雨）

　　我已经栽植了九畹兰花，百亩蕙草。还种下了几垄留夷和揭车，杜衡和芳芷。只盼它们枝叶峻茂，到时候我来收摘。万一萎谢了也不要紧，怕只怕整个芳苑全然变质，让我哀伤。

　　众人为什么争夺得如此贪婪，永不满足总在索取。又喜欢用自己的标尺衡量别人，凭空生出那么多嫉妒。看四周大家都在奔跑追逐，这绝非我心中所需。我唯恐渐渐老之将至，来不及修名立身就把此生虚度。

　　早晨喝几口木兰的清露，晚上吃一把秋菊的残朵。只要内心美好坚定，即便是面黄肌瘦也不觉其苦。我拿着木根系上白芷，再把薜荔花蕊串在一起，又将蕙草缠上菌桂，搓成一条长长的绳索。我要追寻古贤，绝不服从世俗。虽不能见容于今人，也要走古代贤者彭咸遗留的道路。

　　我擦着眼泪长叹，哀伤人生多艰。我虽然喜好修饰，也知道严于检点。但早晨刚刚进谏，傍晚就丢了官位。既责备我佩戴蕙草，又怪罪我手持白芷。然而，只要我内心喜欢，哪怕九死也不会后悔。

只抱怨君王无思无虑，总不能理解别人心绪。众女嫉妒我的美色，便造谣说我淫荡无度。时俗历来投机取巧，背弃规矩进退失据。颠倒是非追慕邪曲，争把阿谀当作制度。我抑郁烦闷心神不定，一再自问为何独独困于此时此处。我宁肯溘死而远离，也不忍作态如许。

鹰雀不能合群，自古就是殊途。方圆岂可重叠，相安怎能异路。屈心而抑志，只能忍耻而含辱。保持清白而死于直道，本为前代圣贤厚嘱。

我后悔没有看清道路，伫立良久决定回去。掉转车舆回到原路吧，赶快走出这短短的迷途。且让我的马在兰皋漫步，再到椒丘暂时驻足。既然进身不得反而获咎，那就不如退将下来，换上以前的衣服。

把荷叶制成上衣，把芙蓉集成下裳。无人赏识就由它去，只要我内心依然芬芳。高高的帽子耸在头顶，长长的佩带束在身上，芳香和汗渍交糅在一起，清白的品质毫无损伤。忽然回头远远眺望，我将去游观浩茫四荒。佩戴着缤纷的装饰，散发出阵阵清香。人世间各有所乐，我独爱修饰已经习以为常。即使是粉身碎骨，岂能因惩戒而惊慌。

大姐着急地反复劝诫："大禹的父亲鲧过于刚直而死于羽山之野，你如此博学又有修养，为何也要坚持得如此孤傲？人人身边都长满了野草，你为何偏偏洁身自好？民众不可能听你的解释，有谁能体察你的情操？世人都在勾勾搭搭，你为何独独不听劝告？"

听完大姐的劝诫我心烦闷，须向先圣求公正。渡过了沅湘再向南，我要找舜帝陈述一番。我说，大禹的后代夏启得到了乐曲《九辩》《九歌》，只知自纵自娱，不顾危难之局，终因儿子作乱而颠覆。后羿游玩过度，沉溺打猎，爱射大狐，淫乱之徒难有善终，那个寒浞就占了他的妻女。至于寒浞的儿子浇，强武好斗不加节制，终日欢娱，结果身首异处。夏桀一再违逆常理，怎能不与大祸遭遇。纣王行施酷刑，殷代因此难以长续。

相比之下，商汤、夏禹则虔恭有加。周朝的君王谨守大道，推举贤达，遵守规则，很少误差。皇天无私，看谁有德就帮助他。是啊，只有拥有圣哲的德行，才能拥有完整的天下。

瞻前而顾后，观人而察本，试问：谁能不义而可用？谁能不善而可行？我虽然面对危死，反省初心仍无一处悔恨。不愿为了别人的斧孔，来削凿自己的木柄，一个个前贤都为之牺牲。我嘘唏心中郁悒，哀叹生不逢辰，拿起柔软的蕙草来擦拭眼泪，那泪水早已打湿衣襟。

终于，我把衣衫铺在地上屈膝跪告：我已明白该走的正道，那就是驾龙乘风，飞上九霄。

清晨从苍梧出发，傍晚就到了昆仑。我想在这神山上稍稍停留，抬头一看已经暮色苍茫。太阳啊你慢点走，不要那么急迫地落向西边的崦嵫山。前面的路又长又远，我将上下而求索。

我在咸池饮马，又从神木扶桑上折下枝条，遮一遮刺目的光照，以便在天国逍遥。我要让月神作为先驱，让风神跟在后面，然后再去动员神鸟。我令凤凰日夜飞腾，我令云霓一路侍从，整个队伍分分合合，上上下下一片热闹。

终于到了天门，我请天帝的守卫把天门打开，但是，他却倚在门边冷眼相瞧。太阳已经落山，我扭结着幽兰等得苦恼。你看世事多么混浊，总让嫉妒把好事毁掉。

第二天黎明，渡过神河白水，登上高丘阆风。拴好马匹眺望，不禁涕泪涔涔：高丘上，没有看见女人。

我急忙从春宫折下一束琼枝佩戴在身，趁鲜花还未凋落，看能赠予哪一位佳人。我叫云师快快飞动，去寻访古帝伏羲的宓妃洛神。我解下佩带寄托心意，让臣子蹇修当个媒人。谁知事情离合不定，宓妃古怪地摇头拒人。说是晚上要到穷石居住，早晨要到洧盘濯发。仗着相貌如此乖张，整日游逛不懂礼节，我便转过头去另做寻访。

四极八方观察遍，我周游一圈下九霄。巍峨的瑶台在眼前，美女有娀氏已见着。我让鸩鸟去说媒，情况似乎并不好。鸣飞的雄鸠也可去，但又嫌它太轻佻。犹豫是否亲自去，又怕违礼被嘲笑。找到凤凰送聘礼，但晚了，古帝高辛已先到。

想去远方栖息却无处落脚，那就随意游荡逍遥。心中还有夏朝那家，两位姑娘都是姓姚。可惜媒人全都太笨，事情还是很不可靠。

人世混浊嫉贤妒才，大家习惯蔽美扬恶，结果谁也找不到美好。历代佳人虚无缥缈，贤明君主睡梦颠倒。我的情怀向谁倾诉？我又怎么忍耐到生命的终了？

拿起芳草竹片，请巫师灵氛为我占卜。

占问："美美必合，谁不慕之？九州之大，难道只有这里才有佳人？"

卜答："赶紧远逝，别再狐疑。天下何处无芳草，何必总是怀故土？"

是啊，世间昏暗又混乱，谁能真正了解我？人人好恶各不同，此间党人更异样：他们把艾草塞满腰间，却宣称不能把幽兰佩在身上；他们连草木的优劣也分不清，怎么能把美玉欣赏；他们把粪土填满了私囊，却嘲笑申椒没有芳香。

想要听从占卜，却又犹豫不定。正好巫咸要在夜间降临，我揣着花椒精米前去拜问。百神全都来了，几乎挤满天廷。九疑山的诸神也纷纷出迎，光芒闪耀显现威灵。

巫咸一见我，便告诉我很多有关吉利的事情。他说：勉力上下求索，寻找同道之人。连汤、禹也曾虔诚寻找，这才找到伊尹、皋陶来协调善政。只要内心真有修为，又何必去用媒人？传说奴隶傅岩筑墙，商王武丁充分信任；吕望曾经当街操刀，周文王却把他大大提升；宁戚叩击牛角讴歌，齐桓公请来让他辅政……

该庆幸的是年岁还轻，时光未老。怕只怕杜鹃过早鸣叫，使百花应声而凋，使荃蕙化而为茅。

是啊，为什么往日的芳草，如今都变成了萧艾？难道还有别的什么理由，实在只因为它们缺少修养。我原以为兰花可靠，原来也是空有外相。委弃美质沉沦世俗，只能勉强列于众芳。申椒变得谄媚嚣张，樧草自行填满香囊。一心只想往上钻营，怎么还能固守其香？既然时俗都已同流，又有谁能坚贞恒常？既然申兰也都如此，何况揭车、江蓠之辈，不知会变成什么模样。

独可珍贵我的玉佩，虽被遗弃历尽沧桑，美好品质毫无损亏，至今依然散发馨香。那就让我像玉佩那样协调自乐吧，从容游走，继续寻访。趁我的服饰还比较壮观，正可以上天下地、行之无疆。

灵氛告诉我已获吉占，选个好日子我可以启程远方。

折下琼枝做佳肴，碾细玉屑做干粮。请为我驾上飞龙，用象牙、美玉装饰车辆。离心之群怎能同在，远逝便是自我流放。向着昆仑前进吧，长路漫漫正好万里爽朗。云霓的旗帜遮住了天际，玉铃的声音叮叮当当。早晨从天河的渡口出发，晚上就到达西天极乡。凤凰展翅如举云旗，雄姿翩翩在高空翱翔。

终于我进入了流沙地带，沿着赤水一步步徜徉。指挥蛟龙架好桥梁，又命西皇援手相帮。前途遥远而又艰险，我让众车侍候一旁。经过不周山再向左转，一指那西海便是方向。集合起我的千乘车马，排齐了玉轮一起鸣响。驾

车的八龙蜿蜒而行，长长的云旗随风飞扬。定下心来我按
辔慢行，心神却是渺渺茫茫。那就奏起九歌，舞起韶乐
吧，借此佳日尽情欢畅。

　　升上高天一片辉煌，忽然回首看到了故乡。我的车夫
满脸悲戚，连我的马匹也在哀伤，低头屈身停步彷徨。

　　唉，算了吧。既然国中无人知我，我又何必怀恋故
乡？既然不能实行美政，我将奔向彭咸所在的地方。

逍遥游

原著　庄周

　　北海有鱼，叫鲲。鲲之大，不知有几千里。它化为鸟，就叫作鹏。鹏之背，也不知有几千里。奋起一飞，翅膀就像天际的云。这大鸟，飞向南海；那南海，就是天池。

　　《齐谐》这本记载怪异之事的书中说："鹏鸟那次飞南海，以翅击水三千里，直上云霄九万里，一路浩荡六月风。"

　　大鹏从上往下看，只见野马般的雾气和尘埃相互吹息。天色如此青苍，不知是天的本色，还是因为深远至极而显现这种颜色？

　　积水不厚，就无力承载大舟。如果倒一杯水在堂下小洼，只能以芥草为舟；放上一个杯子就胶着不能动了，这是水浅而船大的缘故。同样，积风不厚，就无力承载巨翅。所以，大鹏在九万里之间都把风压在翅下，才凭风而飞，背负青天，无可阻挡，直指南方。

寒蝉和小鸠在一起讥笑大鹏："我们也飞上去过嘛，穿越榆树和檀枝，飞不过去了就老老实实回到地面，何必南飞九万里？"

是啊，如去郊游，只要带三餐就饱；如出百里，就要舂一宿之米；如走千里，就要聚三月之粮。这个道理，那两个小虫小鸟怎么能懂？

小智不懂大智，短暂不知长久。你看，朝菌活不过几天，寒蝉活不过几月，这就叫短暂。但是，楚国南部有一只大龟叫冥灵，把五百年当作一个春季，再把五百年当作一个秋季；古代那棵大椿树就更厉害了，把八千年当作一个春季，再把八千年当作一个秋季。这就叫长久，或者说长寿。最长寿的名人是彭祖，众人老想跟他比，那不是很悲哀？

商汤和他的贤臣棘，同样在谈论鲲鹏和小鸟的话题。

他们也这样说：极荒之北有大海天池，那里有鱼叫鲲，宽几千里，长不可知；有鸟叫鹏，背如泰山，翅如天云，扶摇直上九万里，超云雾，背青天，去南海。但是，水塘里的小雀却讥笑起来："它要去哪里？像我，也能腾跃而上，飞不过数仞便下来，在草丛间盘旋。所谓飞翔，也不过如此吧，它还想去哪里？"

这就是大小之别。

且看周围那些人，既有做官的本事，又有乡间的名声，既有君主的认可，又有征召的信任，他们对自己的看法，大概也像小雀这样的吧？难怪，智者宋荣子要嘲笑他们。

宋荣子这样的人就不同了。举世赞誉他，他也不会来劲；举世非难他，他也不会沮丧。他觉得，人生在世，分得清内外，认得清荣辱，也就可以了，何必急于求成。

但是，即使像宋荣子这样，也还没有树立人生标杆。请看那个列子，出门总是乘风而行，轻松愉快，来回半个月路程。对于求福，从不热切。然而，列子也有弱点，他尽管已经不必步行，却还是需要有所凭借，譬如风。

如果有人，能够乘着天地之道，应顺自然变化，遨游无穷之境，那么，他还会需要凭借什么呢？

因此，结论是——

至人不需要守己；

神人不需要功绩；

圣人不需要名气。

尧帝要把天下让给许由，对他说："日月都出来了，火炬还没有熄灭，那光，不就难堪了吗？大雨就要下了，灌溉还在进行，那水，不就徒劳了吗？先生出来，天下大治，如果我还空居其位，连自己也觉得不对。那就请容我，把天下交给你。"

许由回答道："你治天下，天下已治。我如果来替代你，为了什么？难道为名？那么，名又是什么？名、实之间，实为主人，名为随从。莫非，要我做一个无主的随从？要说名，你看鹪鹩，名为筑巢深林，其实只占了一枝；再看偃鼠，名为饮水河上，其实只喝了一肚。"

"请回去休息吧，君王。我对天下无所用。"许由说，

"厨子不想下厨了，也不能让祭祀越位去代替啊。"

那天，一个叫肩吾的人告诉友人连叔："我最近听了
一次接舆先生的谈话，实在是大而无当，口无遮拦。他说
得那么遥而无极，非常离谱，不合世情，我听起来有点
惊恐。"

"他说了什么？"连叔问。

"他说：'在遥远的射姑山上住着一位神人。肌肤如
冰雪，风姿如处女，不食五谷，吸风饮露，乘云气，驾飞
龙，游四海之外。还说那神人只要把元神凝聚，就能祛灾
而丰收。'"肩吾说，"我觉得他这话，虚妄不可信。"

连叔一听，知道了肩吾的障碍，便说："是啊，盲人
无以欣赏文采，聋者无以倾听钟鼓。岂止形体有盲聋，智
力也是一样。我这话，是在说你呢！"

连叔继续说下去："那样的神人，那样的品貌，已与
万物合一。世上太多纷扰，而他又怎么会在乎天下之事？
那样的神人，什么东西也伤不着他，滔天洪水也淹不了
他，金熔山焦也热不了他。即便是他留下的尘垢秕糠，也

能铸成尧舜功业。他，怎么会把寻常之物当一回事？"

宋人要到越国卖帽子，但是越人剪过头发文过身，用不着。

尧帝管理过了天下之民，治理过了天下之政，也已经用不着什么"帽子"。他到汾水北岸去见射姑山上的四位高士，恍惚间，把自己所拥有的天下权位，也给忘了。

惠施对庄子说："魏王送给我大葫芦的种子，我种出来一看，容量可装五石。拿去盛水，却又怕它不够坚牢。剖开为瓢，还是太大，不知道能舀什么。你看，要说大，这东西够大，因为没用，只好砸了。"

庄子说："先生确实不善于用大。宋国有一家人，祖传一种防皴护手药，便世世代代从事漂洗。有人愿出百金买这个药方，这家就聚集在一起商议，说我们世代漂洗，所得不过数金，今天一下子就可以卖得百金，那就卖吧。那个买下药方的人，把这事告诉了吴王。正好越国发难，吴王就派他率部，在冬天与越人水战，因为有了那个防皴

药方，使越军大败，吴王就割地封赏他。你看，同是一个
药方，用大了可以凭它获得封赏，用小了只能借它从事漂
洗，这就是大用、小用之别。现在你既然有了五石大葫
芦，为什么不来一个大用，做成一个腰舟挂在身上，去浮
游江湖？如果老是担忧它没有用，心思就被蓬草缠住了。"

惠施还是没有明白，对庄子说："我有一棵大树，人
家叫它樗，树干臃肿而不合绳墨，小枝卷曲而不中规矩，
实在无用，长在路旁，木匠一看便转身离去。刚才先生的
话，听起来也是大而无用，恐怕众人也会转身离去。"

庄子进一步劝说惠施："无用？有用？你难道没见过
野猫和黄鼠狼吗？它们多么能干，既可以躬身埋伏，等候
猎物；又可以东西跳梁，不避高下。结果，陷于机关，死
于网猎。"

"要说实用，就连身大如云的牦牛，虽可大用，却逮
不着老鼠。"庄子又加了一句。

"今天你拥有一棵大树，却在苦恼它无用！"庄子继续
说，"能不能换一种用法？例如把它移栽到无边无际的旷

野里，你可以无牵无挂地徘徊在它身边，可以逍遥自在地躺卧在它脚下。刀斧砍不着它，什么也害不了它。这样，它确实还是无用，却又何必困苦？"

报任安书

原著　司马迁

少卿足下：

　　前些时候承蒙您写信给我，教导我慎于接物，举荐贤良。您的语气很恳切，好像怕我不听，随从流俗。其实怎么会呢，我虽然低能，却也知道长者遗风。只是觉得自己的身体已经遭受阴秽的刑残，动辄得咎，想做好事反成祸害，因此心情抑郁，无人诉说。

　　谚语说："为谁而为？让谁来听？"请看钟子期死后，俞伯牙终身不再弹琴，为什么？因为士人只为知己者所用，就像女子只为心爱者化妆。像我这样，身体已有根本缺陷，即使具有像随侯珠、和氏璧这样的材质，或者具有像许由、伯夷这样的品行，也不能稍有得意，因为听的人会暗暗耻笑。

　　来信本应及时作答，但刚刚从东方随驾而回，又琐事缠身，很难见面，实在抽不出时间一抒心意。如今，您遭受不测之罪，再过一个月就近冬末，我又要随从去雍地。恐怕这期间您会卒然伏刑离世，那我就没有机会向您倾诉愤懑了，而您则在死后也会抱怨无穷。因此，请让我赶紧略陈浅陋之见。拖了那么久才这样回信，请勿见怪。

　　我曾听到过这样的说法："修身是智慧的府巢，乐施是仁德的信号，取舍是道义的符兆，知耻是勇敢的先导，立名是行为的目标。"

　　士人有了这五方面的作为，就可以寄身于世，列君子之林。

　　如果从反面来说，那么，世上最多的祸殃，莫过于利令智昏；最重的悲痛，莫过于伤及心灵；最丑的行为，莫过于有辱祖先；最大的羞辱，莫过于受了宫刑。

　　受了宫刑阉割的人，无法与常人相提并论。这并非一世之见，而是由来已久。即便是历朝的宦官阉人，也都被人所耻。孔子见卫灵公与宦官同车，就离开卫国去了陈国；商鞅靠着宦官见了秦孝公，贤臣赵良一见就起了寒心；汉文帝由宦官陪着乘车，郎中袁盎随即就变了脸色。即使是社会上的中等人物，只要事涉宦官，便已垂头丧气，更何况慷慨之士。如今朝廷虽然缺少人才，却怎么会让我这样的阉余之人来推荐天下豪俊！

我依赖先人遗业，在京城任职已经二十多年。自己思量了一下：第一，我不能尽奉忠信，贡献奇策，结交明主；第二，我不能拾遗补阙，招贤进能，推举隐士；第三，我不能参与行伍，攻城野战，斩将夺旗；第四，我不能积聚功劳，高取官禄，光宗惠友。这四方面，无一如愿，只能苟且容身。由此可见，我实在没有长短之功。

想当年，我也曾置身于下大夫之列，陪在外廷发表一些零碎议论，却也没有在当时伸张法度，竭尽思虑。如今身残而成为扫除仆隶，如果在如此卑贱之中还想昂首扬眉，论列是非，那岂不是轻慢朝廷，羞辱当世之士？哎呀，像我这样的人，还说什么，还说什么！

况且，事情的本末很不容易说清。

　　我少年时颇有一点才能，长大后未被家乡称誉，幸亏皇上因为我的父亲，让我贡献薄技，出入宫廷。我想，如果头上顶着盒子还怎么能仰望天廷？因此把所有的"盒子"都撤了，谢绝宾客，忘记家室，日夜思考要竭尽薄才，专心营职求得皇上信任。然而谁知，情况却大谬而不然，发生了李陵事件。

　　我和李陵同在宫中任职，素不亲密，志趣相异，从未举杯而欢。但我看他，倒是一位奇士。孝敬父母，诚信交友，临财而廉，取舍合义，礼让有度，恭敬谦虚，常想奋不顾身地报效国家。因长期历练，有国士之风。我想，身为臣子面对公共灾难宁肯万死而不顾一生，实属奇罕。没想到，当他做事一有不当，那些历来只知保命保家的臣子随即扩大他的过失，对此我实在心痛。

　　况且，说起李陵兵败之事，他当时率兵不足五千，深践戎马腹地，足踏匈奴王廷。这就是垂饵虎口，横挑强敌，仰攻大营。与单于连战十余日，杀敌之数已超过自己部队的人数。匈奴一时连救死扶伤都来不及了，上下震惊恐怖，便征集左贤王、右贤王的所有部属，再发动一切能够骑射之民，围攻李陵。李陵转战千里，箭尽路穷，救兵不至，死伤士卒，遍地堆积。即便这样了，李陵一声呼喊，士卒们仍然尽力奋起，流着泪，抹着血，拉着已经无箭的弓弩，冲向白花花的刀剑，一起向北拼杀。

在李陵还未覆没时，只要有前线信使来报，满朝公卿王侯皆举杯祝捷。但是，几天后李陵兵败，消息传来，皇上便食不甘味，上朝不悦。大臣们又忧又惧，束手无策。

我见皇上如此悲伤，很想不顾自己地位卑下，奉上一份恳切劝慰的心意。我想，李陵平日对将士诚挚忘己，才得到他们以死相报，这情景即便是古代名将也不能超过。现在兵败而陷身对方，推测他的用意，还是想等待时机报效汉朝。事至今日已无可奈何，但他摧败匈奴的功迹也已经足以昭示天下。——我有心把这些想法对皇上说说，却一直未遇机会。

那天正好皇上召问，我就根据这些想法，以李陵之功来宽慰皇上，顺便阻挡一下朝上的怨怒之言。谁知，我还没有讲清楚，皇上也没有听明白，就认为我是借着为李陵游说，在诋毁另一位将军李广利。于是，我被交付审判。

　　我怀拳拳之心，却无法为自己辩白。我的罪名是"诬上"，这个审判被认准。

　　我家贫寒，没有钱财来自赎。朋友无一人来营救，皇上左右的官员也没有一个为我讲一句话。于是，我这具非木石之身深陷囹圄，只与法吏为伍，又能向谁诉说。这些都是您所见到的，不正是我的状况吗？李陵未死而成了降将，家庭名声败坏，而我则被阉割而关进了蚕室，深为天下嘲笑。悲痛啊悲痛！这样的事，真不易一一告诸世俗之人。

　　我的先人并没有立下让子孙免罪的功勋，做太史公的父亲虽然执掌文史星历，其实与执掌卜筮祭祀差不多，被朝廷像倡优一般养着，都是皇上眼里的"戏弄"小职，也为世俗所轻视。如果当初我选择伏法而死，那也就相当于九牛失去一毛，与蚁蝼何异？世人不会把我看作是死于节操，只认为是死于低智犯罪，自不可免。为什么？这出于平素的立身定见。

　　人固有一死，或重于泰山，或轻于鸿毛。这是因为，人生的趋向不同。

　　在生死边缘上，可以分很多层次。第一，不能让祖先受辱；第二，不能让身体受辱；第三，不能在道理、颜面上受辱；第四，不能在言词上受辱；第五，不能因捆绑而受辱；第六，不能因囚服而受辱；第七，不能因枷杖而受辱；第八，不能因剃发、锁链而受辱；第九，不能因毁肤、断肢而受辱；而最终，第十，不能因宫刑阉割而受辱。

　　古书说："刑不上大夫。"这是说，对士大夫的节操不能不尊重和勉励。猛虎在深山，百兽震恐，但等到落入陷阱槛笼，只能摇尾求食，积聚的威力渐渐被制约。所以，对士大夫而言，即使有人画一个圆圈当监狱，也绝对不会踏入；即使有人削一个木偶当狱吏，也绝对不去应对。对这样的事，理应态度鲜明，宁死不屈。但是现在，居然手脚被绑，木枷上身，肌肤暴露，鞭抽杖打，幽禁高墙。见到狱吏就磕头触地，见到狱卒则胆战心惊。为什么？那全是由长期而具体的威压所造成。到了这个地步，还说不受辱，只是强颜罢了，已经没有价值。

想想历史，周文王一方霸主，被拘羑里；李斯一国之相，却受五刑；淮阴侯贵为楚王，被捕于陈；彭越、张敖面南称王，终投监狱；绛侯周勃平叛有功，权倾五霸，亦被囚禁；魏其侯窦婴，戴上了三道刑具；还有，大将季布卖身为奴；大将灌夫惨遭拘杀……

——这些人，都是王侯将相，声威远及邻国，一旦获罪，如果没有果断自杀，终究沦为尘埃。古今都是一样，哪能不受其辱。由此看来，一个人的勇敢、怯懦、强悍、脆弱，并非由他自己，而是由他所面临的形势而定。这很明白，不足为怪。一个人如果不在审判之外自杀，往往气息已经挫衰，等到受刑之时再想以死殉节，那也就太迟了。我想，古人所说的"刑不上大夫"，可能也与此有关。

人之常情是贪生恶死，念父母，顾妻子。但是，被道义和天理所激励的人就不一样了，他们无法以私利抑制自己。

我不幸早失父母，没有兄弟，孤独一身。你看我对妻

儿会如何？其实勇敢的人不必以死殉节，怯懦的人如果仰
慕道义，处处都能受到勉励。我虽怯懦，苟活至今，心里
却明白行为分际，何至于在狱中受辱？世间奴婢尚且能断
然自尽，何况像我这样的人。我之所以隐忍苟活到今天，
身陷污秽而不死，完全是因为尚有心愿未完成。如果死
了，我的著作也就不能传之于后世。

　　自古以来，生而富贵而死后无名的人，不可胜数。只
有卓越豪迈的非凡之人，才被后世称道。你看，文王被
拘，推出《周易》；孔子困厄，写成《春秋》；屈原放逐，
乃赋《离骚》；左丘明失明，仍著《国语》；孙膑断足，修
得《兵法》；吕不韦贬蜀，便有《吕氏春秋》；韩非囚秦，
写出《说难》《孤愤》；即使是《诗》三百篇，也大多是圣
贤发愤之作。

　　这些人，都是意有郁结，得不到排纾通道，所以追述
往事，启发来者。至于像左丘明、孙膑这样的残障者，已
不可实用，便退而著书，舒化郁愤，留文自现。

我本人则不自量力，近些年用笨拙的文辞，搜罗天下散佚旧闻，考证历来行为事迹，审察成败兴衰之理，上至黄帝，下至当今，写成表十篇，本纪十二篇，书八篇，世家三十篇，列传七十篇，共一百三十篇。我的意图是：究天人之际，通古今之变，成一家之言。

谁知，草稿还没有完成就遇到了这场大祸。我心中一直痛惜着这部未成之书，因此受到大刑也无愠色。我确实会写成此书，藏之名山，传之达人，并在通邑大都流播。这样，旧债得以补偿，万死而不后悔。当然，这只能为智者道，不能为俗人言。

最后，还想再度向您诉说我今天的处境。

负卑难以居世，位低多遭谤议。我因言论遭祸受乡人耻笑，使先人受辱，还有什么脸面为父母上坟？即使百世之后，这种屈辱还会加重。因此，愁肠一日而九回。在家恍惚若有所失，出门则不知到哪里去。每想到此，没有一次不是汗流浃背，沾湿衣裳。我简直成了宦官，哪里还能隐退到深山岩穴？因此姑且从俗沉浮，与时俯仰，以求疏通心间狂惑。今天您要我举荐贤能，未免与我心意相违。现在我即便想以美好的词句自雕自释，也是无益。因为世俗并不相信，只是自取其辱。

　　看来，要到死亡之日，才能定夺是非。

　　书信不能尽意，只是略陈固陋之见。恭敬再拜！

兰亭集序

原著 王羲之

永和九年，正值癸丑，暮春之初，在会稽山阴的兰亭，有一个名为"修禊"的聚会。众多贤达之士，不分老少都来了。

这个地方，既有崇山峻岭，茂林修竹，又有清湍溪流，环绕左右。把酒杯放在溪流上，大家依次而坐，玩起了"流觞曲水"的游戏。

虽然没有丝竹管弦，但在一觞酒、一首诗之间，也足以畅叙幽幽心情。今日天气清朗，春风和畅，抬头看宇宙之大，低头看万物之盛，目光在上下游动，襟怀在纵横驰骋，视听的愉悦已达到极致，真是让人快乐。

人之相处，俯仰一世，有的只取自己怀抱，总在室内谈论；有的寻求外在寄托，总是放浪形骸。虽然差别万殊，动静不同，但是正当他们为所遇而高兴，为所得而满意，十分快然自足的时候，却不知老之将至。终于对所遇所得产生厌倦，心情就随之变迁，感慨也随之而来。是啊，原先的种种向往，俯仰之间已成陈迹，对此尚且不能不感怀，更何况寿命都由天定，迟早总会结束。古人说："死与生是一件真正的大事。"对此，谁能不悲痛？

每次领受前人发出这种感慨的缘由，总觉得深契于心，没有一次不对着文章叹息，却不能悟之于怀。固然，混同生死之界颇为虚诞，无视寿数长短也是愚妄，但毕竟岁月易逝，后代看今天，就像我们今天看古人。这么一想，难免心生悲怆。

所以，我们要记下今天聚会的名单，抄录大家所作的诗文。尽管世事总是大变，但人间的感慨大致相同。如果后人读到这些诗文，应该都会有所感应。

归去来兮辞

原著　陶渊明

　　回去吧，田园就要荒芜，为什么还不回去？

　　既然是自己把心灵交给了身体，那又为何还要独自惆怅和悲哀？

　　过去已经无法挽回，未来还是可以追赶。其实迷路并未太远，我已经明白今天的选择，昨天的遗憾。

　　船，轻轻地在水中摇晃。风，飘飘地吹拂着衣裳。我向行人问路，但路上，晨光还只是微微透亮。

　　终于看见了横木的家门，我心中一喜就把步子加快。僮仆前来迎接，稚子等在门边。小路已经荒蔓，松菊却还依然。我牵着幼子入室，发现酒樽已经斟满。取出壶觞自饮自酌，看看庭院中的树木我不禁开颜。倚凭南窗我又生傲然，反观这小小的容膝之地倒让我收心而安。

每天在园中散步成趣，虽然有门却长闭长关。握着手杖走走停停，却经常抬起头来仰望长天。看见那云，无意间飘离了山坳；再看那鸟，飞倦了还自己回返。日光昏昏将要入山，手抚孤松徘徊盘桓。

回去吧，我会断绝一切交游。世道与我不合，再驾车出去又有何求？只爱听亲戚们真情闲聊，乐于在琴弦和书页间悠然消忧。农人告诉我春天来了，将会忙着去西边的田畴。有时我也会乘上遮篷小车，有时我也会划出孤独小舟，有时我也会探寻幽深沟壑，有时我也会攀登崎岖山丘。一路上，只见草木欣欣向荣，泉水涓涓而流。真羡慕天下万物皆得天时，只感叹我的生命已走向尽头。

算了吧，寄身宇内能有几时，不如随心任其去留。何苦成日遑遑不知往哪里走，富贵非我所愿，仙境更不可求。等天气好时独自遛遛，或者插了手杖下到田里做做帮手。登上东边的高冈舒喉长啸，对着清澈的水流赋诗几首。姑且应顺天意终结一生，乐天知命何须疑虑忧愁。

送李愿归盘谷序

原著 韩愈

太行山南面，有一个盘谷。在盘谷间，泉水甘冽，土地肥沃，草木茂盛，居民稀少。有人说，它环在两山之间，所以叫盘。有人说，这个山谷，幽深而险阻，是隐士们的去处。

我的朋友李愿，就住在那里。

为什么住在那里？李愿对我说了这么一番话——

人们所说的大丈夫，我知道。他们把利益施于他人，得名声显于一时。他们身在朝廷，任免百官，辅佐皇上，发号施令。一旦外出，树起旗帜，排开弓箭，武夫开道，随从塞路，负责供给的人捧着物品在道路两边奔跑。他们高兴了，就赏赐；生气了，就刑罚。才俊之士挤满他们眼前，说古道今来称誉盛德，他们听得入耳，并不厌烦……

他们身后又有不少女子，曲眉丰颊，声清体轻，秀外慧中，薄襟长袖，施粉画黛。这些女子，列屋闲居，妒宠而又自负，争妍而求爱怜……

知遇于天子而用力于当今的大丈夫，就是这样。

我并不是因为厌恶这一切而逃开，只是命中注定，未曾有幸达到。

我，贫居山野，登高望远，在茂密的树林下度过整日，在清澈的溪泉间自洗自洁。作息不讲时间，只求舒适安然。

我想，与其当面备受赞誉，不如背后没有毁谤。与其身体享受快乐，不如内心没有忧愁。这样，就不必在乎车马服饰的等级，不用担心刀锯刑罚的处分，不必关心时世治乱的动静，不必打听官场升降的消息。——这就是不合时世的大丈夫，这就是我。

　　如果不是这样，伺候于公卿之门，奔走于权
势之途，刚要抬脚就畏缩，刚想开口就嗫嚅，身
处污秽而不羞，触犯刑法而获诛，一生都在求侥
幸，直到老死方止步。这样做人，究竟是好，还
是不好？

我韩愈听了李愿的这番话，决定为他壮行。
我为他斟上酒，还为他作了歌——

　　　　盘谷啊盘谷，
　　　　真是你的地方。
　　　　盘谷的泥土，
　　　　让你垦稼种粮。
　　　　盘谷的溪泉，
　　　　让你洗濯游荡。
　　　　盘谷的险阻，
　　　　让你不必守防。

幽远而深秘，

开廓而空旷，

环绕而曲折，

似往而回向。

盘谷之乐，

乐而无殃。

虎豹远去，

蛟龙遁藏。

鬼神守护，

阻止不祥。

有饮有食寿而康，

知足长乐无奢望。

且为车辆添油膏，

喂罢马匹握住缰，

我要随你去盘谷，

终身逍遥复徜徉。

愚溪诗序

原著　柳宗元

　　灌水北面，有一条溪，向东流入潇水。

　　有人说，过去有一家姓冉的住在这里，所以这溪也有了姓，叫冉溪；又有人说，这溪可以漂染丝帛，所以按功能叫染溪。

　　我因愚钝而触罪，被贬到潇水边上，却爱上了这条溪。沿溪水走进去二三里，见到一个景色绝佳处，便安了家。古代有愚公谷，我以溪安家，叫什么呢？当地人还在争论是冉溪还是染溪，看来不能不改个名字了，那就叫愚溪吧。

　　我又在愚溪边上买了一个小山丘，取名为愚丘；

　　从愚溪朝东北方向走六十步，有泉水，我又买了下来，取名为愚泉；

愚泉有六个泉穴，泉水都来自山下平地而向上涌出，合流后弯曲向南，我取名为愚沟；

在愚沟上堆土积石，塞住隘口，取名为愚池；

愚池的东边，建了愚堂；

愚池的南边，盖了愚亭；

愚池的中间，有一个愚岛。

——算一下，共有八愚。

这么些错落有致的嘉木异石，都是山水奇迹，却因为我的缘故，一起蒙上了"愚"的屈辱。

本来水是智者所乐，为什么眼下这道溪水独独以愚相称？

你看，它水位很低，不能用来灌溉；它水流峻急，又多嶙峋，大船进入不了；它幽深浅狭，蛟龙不屑一顾，因为不能在这里兴云作雨。总之，它不能被世间利用，恰恰与我类似。那么，委屈一下以愚相称，也可以。

春秋时的宁武子说，国家混乱时要变得愚笨，这是聪明人之愚；颜回在听孔子讲述时从不发问，貌似愚笨，这是睿悟者之愚。他们都不是真愚。我生于有道之世，却违

背时理，做了傻事。因此要说愚，莫过于我了。这也就是
说，天下谁也不能来与我争这条溪，只能由我拥有，由我
命名。

　　但是，回过来说，这溪虽然不能被世间利用，却能映
照天下万物。它清莹秀澈的水流，金石铿锵的声音，能使
一切愚者喜笑眷恋，乐而忘返。

　　我虽然与世俗不合，却也能用文墨慰藉自己、洗涤万
物、掌控百态，什么也逃不出我的笔下。因此，我今天以
愚辞来歌颂愚溪，便觉得茫茫然与此溪相合，昏昏然与此
溪同归。超然于鸿蒙混沌，相融于虚静太空，寂寥于莫知
之境。于是，便作了一首《八愚诗》，刻记在溪石之上。

秋声赋

原著 欧阳修

　　欧阳子正在夜里读书，听到有声音从西南方向传来，心里一惊，侧耳倾听，不禁自语："好奇怪呀！这声音，初听淅淅沥沥，萧萧飒飒，忽然奔腾澎湃，就像波涛夜惊，风雨骤至。而且，这波涛和风雨似乎还撞到了什么，发出琮琮琤琤的金铁之声。再听，又像是奔赴战场的兵士们衔着禁声之枚疾步而走，没有口令，只有人马行进的声音……"

　　我问书僮："这是什么声音？你出去看看。"

　　书僮看了回来说："星星、月亮、银河都很明亮，四周并没有人声，声音来自树间。"

　　我一想就明白了，说："啊呀，悲哉，这就是秋声，秋天的声音！它，怎么就来了呢？"

要说秋天的相貌，它的颜色有点惨淡。烟雾飞动，云岚聚敛，容色清净，天高日明，气息凛冽，砭人肌骨，意态萧条，山川寂寥。因此，它所发出的声音，既凄凄切切，又呼号奋发。虽然绿草还在争茂，佳木依然葱茏，但只要一碰到这种声音，绿草就会变色，佳木就会落叶。究竟是什么力量使草木摧败零落？那就是强大的秋气。

秋天，是季节的执刑官。时序属阴，有用兵之象；五行属金，藏天地刀气，有肃杀之心。天道对于生物，春生而秋实。所以在音乐中，秋音为商，秋律为夷。商为西部之音，指向悲伤；夷为七月之律，指向杀戮。生物老了就会悲伤，生物过盛就会杀戮。

啊，我不禁叹息道，草木无情，还会按时飘零，人为动物，独有灵性，自然会有各种忧愁触心，各种事务劳身。触心和劳身的结果，又必定会损伤精神。更何况，还要去思索那些力所不及的问题，担忧那些智所不能的事情。这当然会使红润的容颜变得如同枯木，乌黑的头发也白斑丛生。我们的身体并无金石之质，怎么可能超越草木而一直茂盛？

真要好好想想，究竟是谁摧残了我们？看来，怨不得这满耳的秋声。

我这样自言自语，书僮无从对话，已经垂头打盹。陪我叹息的，是四周墙下的唧唧虫声。

前赤壁赋

原著 苏轼

壬戌年的那个秋天，七月十六日，我和客人坐船，到赤壁下面游玩。

在风平浪静之间，我向客人举起酒杯，朗诵《明月》之诗，吟唱"窈窕"之章。不一会儿，月亮从东山升起，徘徊于东南星辰之间。白雾横罩江面，水光连接苍穹，我们的船恰如一片苇叶，浮越于万顷空间。眼前是那么开阔，像是要飞到天上，不知停在哪里；身子是那么轻飘，像是要遗弃人世，长了翅膀而成仙。

于是我们快乐地喝酒，拍着船舷唱起了歌。歌中唱道：

桂树为櫂，兰木作桨。
櫂划空明，桨拨流光。

我的怀念，渺渺茫茫。

心中美人，天各一方。

有一位客人吹起了洞箫，为歌声伴奏。那呜呜咽咽的声音，像是怨恨，又像是爱慕；像是哭泣，又像是诉说。余音婉转而悠长，就像一缕怎么也拉不断的丝线，简直能让深壑里的蛟龙舞动，能让孤舟里的独女哀泣。

我心中顿觉凄楚，便端正了一下自己的姿态，问那位吹箫的客人："为什么吹成这样？"

那位客人说："月明星稀，乌鹊南飞——这不是曹操的诗句吗？想当年，不也是这个地方，西对夏口，东对鄂州，山环水复，草木苍翠，曹操被周瑜所困？那时候，他刚刚攻下荆州，拿下江陵，顺流东下，战船延绵千里，旌旗遮天蔽日，对着大江饮酒，横握长矛吟诗，真可谓是一代豪杰啊，然而，他今天在哪里？"

"那就更不必说你我之辈了：捕鱼打柴为生，鱼虾麋鹿做伴，驾着小船出没，捧着葫芦喝酒，既像昆虫寄世，又像小米漂海，哀叹生命短暂，羡慕长江无穷。当然我也想与仙人一样遨游，与月亮一起长存，但明知都得不到，只能把悲伤吐给秋风。"

我听完，就对这位客人说："你也应该知道水和月的玄机吧。这水，看似日夜流走，其实一直存在；这月，看似时圆时缺，其实没有增减。从变化的角度看，天地之间瞬刻不同；但从不变的角度看，万物和我们都可以永恒，那又有什么好羡慕的呢？"

"何况，天地万物各有所属，如果不是我们的，分毫都不该占取。只有江上的清风，山间的明月，经由我们的耳朵而成为声音，经由我们的眼睛而成为色彩，可以尽管取用，怎么也用不完。这是大自然的无穷宝藏，足供你我共享。"

客人听罢，高兴地笑了，洗了杯子，重新斟酒。终于，菜肴果品全都吃完，空杯空盘杂乱一片，大家就互相靠着身子睡觉，直到东方露出曙色。

后赤壁赋

原著　苏轼

　　这年十月十五日，我从雪堂出发，回临皋去。两位客人跟着我，过黄泥坂。

　　那是霜降季节，树叶已经落尽。见到自己的身影在地上，便仰起头来看月亮，不禁心中一乐，就边走边唱，互相应和。

　　走了一会儿，我随口叹道："有客而没有酒，有酒而没有菜肴，这个美好的夜晚该怎么度过？"

　　一位客人说："今天傍晚，我网到一条鱼，口大鳞细，很像松江鲈鱼。但是，到哪儿去弄酒呢？"

　　我急忙回家与妻子商量，妻子说："我有一斗酒，藏很久了，就是准备你临时需要的。"

　　于是我们带了酒和鱼，又一次来到赤壁之下。那儿，江流声声，崖壁陡峭。因为山高，月亮被比得很小。水位下落，两边坡石毕露。与上次来游，才隔多久，景色已经变得认不出来了。

我撩起衣服，踏着山岩，拨开茂草，蹲上形如虎豹的巨石，跨过状如虬龙的古木，攀及禽鸟筑巢的大树，俯瞰深幽难测的长江。两位客人跟不上我，便尖声长啸。他们的声音震动了草木，震荡着山谷，像是一阵风，吹起了波浪。我突然忧伤，深感恐慌，觉得不能在这里停留。

下到船上，漂在江中，不管它停在哪里，歇在何处。

快到半夜了，四周一片寂静。忽然看到一只孤鹤越过大江从东边飞来，翅膀像轮子一样翻动，身白尾黑，长鸣一声从我们船上飞过，向西而去。

一会儿客人走了，我也就入睡。梦见一个道士，穿着羽毛般的衣服飘然而到临皋，拱手对我说："赤壁之游，快乐吗？"

问他姓名，他低头不答。我说："啊呀，我知道了。昨天半夜从我头顶飞鸣而过的，就是你吧？"

道士笑了，我也醒了。开门一看，什么也没有。

■
本
文

离骚

屈原

帝高阳之苗裔[1]兮，朕皇考[2]曰伯庸。

摄提[3]贞[4]于孟陬[5]兮，惟庚寅吾以降[6]。

皇览揆[7]余初度[8]兮，肇锡[9]余以嘉名。

名余曰正则兮，字余曰灵均。

---

1. 苗裔：后代子孙。

2. 皇考：对亡父的尊称。

3. 摄提：星名，指寅年。

4. 贞：正。

5. 孟陬：指农历正月。

6. 降：降生。

7. 揆：揣度。

8. 初度：刚出生时的容貌、气度。

9. 锡：通“赐”，赐予。

纷^{1}吾既有此内美兮，又重之以修能^2：

扈^{3}江离与辟芷兮，纫^{4}秋兰以为佩。

汩^{5}余若将不及兮，恐年岁之不吾与。

朝搴^{6}阰^{7}之木兰兮，夕揽^{8}洲之宿莽^9。

日月忽^{10}其不淹^{11}兮，春与秋其代序^{12}。

惟草木之零落兮，恐美人^{13}之迟暮^{14}。

---

1. 纷：盛多貌。

2. 修能：美好的形态。能，通"态"。

3. 扈：被，披。

4. 纫：连缀、联结。

5. 汩：形容像流水一样迅速。

6. 搴：攀折，拔取。

7. 阰：山坡、岭上。

8. 揽：采摘。

9. 宿莽：经冬不凋的草。

10. 忽：迅速。

11. 不淹：不久留。

12. 代序：依次更替。

13. 美人：指楚怀王。

14. 迟暮：晚暮，指衰老。

不抚[1]壮而弃秽[2]兮，何不改此度[3]？

乘骐骥以驰骋兮，来吾道[4]夫先路。

昔三后[5]之纯粹[6]兮，固众芳[7]之所在。

杂申椒与菌桂兮，岂维纫夫蕙茝？

彼尧舜之耿介兮，既遵道而得路。

何桀纣之猖披[8]兮，夫唯捷径以窘步。

惟夫党人之偷乐兮，路幽昧以险隘。

岂余身之惮殃[9]兮，恐皇舆[10]之败绩[11]。

---

1. 抚：凭借，趁着。

2. 弃秽：远离污秽。

3. 度：治国法度。

4. 道：通"导"。

5. 三后：三个君王，指禹、汤和文王。

6. 纯粹：德行完美无缺。

7. 众芳：比喻群贤。

8. 猖披：穿衣而不系带的样子，比喻放肆妄行。

9. 惮殃：害怕灾祸。

10. 皇舆：君王的战车。文中借指国家。

11. 败绩：溃败，败亡。

忽奔走以先后兮，及¹前王之踵武²。

荃³不察余之中情⁴兮，反信谗而齌怒⁵。

余固知謇謇⁶之为患兮，忍而不能舍也。

指九天以为正兮，夫唯灵修⁷之故也。

曰黄昏以为期兮，羌中道而改路。

初既与余成言⁸兮，后悔遁⁹而有他。

余既不难夫离别兮，伤灵修之数化¹⁰。

余既滋¹¹兰之九畹兮，又树蕙之百亩，

---

1. 及：追上，赶上。

2. 踵武：踏着前人的脚印。比喻继承前人的事业。踵，脚后跟。武，足迹。

3. 荃：香草名，喻楚怀王。

4. 中情：内心的忠诚。

5. 齌怒：盛怒。

6. 謇謇：忠贞的样子。

7. 灵修：神明、有远见的人，喻楚怀王。

8. 成言：订约，成议。

9. 遁：隐匿。

10. 数化：多次变化。

11. 滋：栽种。

畦[1]留夷与揭车兮，杂杜衡与芳芷。

冀枝叶之峻茂兮，愿竢时[2]乎吾将刈[3]。

虽萎绝其亦何伤[4]兮，哀众芳之芜秽。

众皆竞进以贪婪兮，凭[5]不厌乎求索。

羌内恕己以量人兮，各兴心而嫉妒。

忽驰骛以追逐兮，非余心之所急。

老冉冉其将至兮，恐修名之不立。

朝饮木兰之坠露兮，夕餐秋菊之落英。

苟余情其信姱[6]以练要[7]兮，长顑颔[8]亦何伤。

擥[9]木根以结茝兮，贯[10]薜荔之落蕊。

---

1. 畦：分畦种植。

2. 竢时：等到时候。

3. 刈：收割。

4. 何伤：忧伤什么。"伤何"的倒装。

5. 凭：充满。

6. 姱：美好。

7. 练要：精诚专一，操守坚贞。

8. 顑颔：因饥饿而面容枯槁的样子。

9. 擥：牵。

10. 贯：穿连。

矫[1]菌桂以纫蕙兮，索胡绳之𫄸𫄸[2]。

謇吾法夫前修[3]兮，非世俗之所服。

虽不周于今之人兮，愿依彭咸之遗则。

长太息[4]以掩涕兮，哀民生之多艰。

余虽好修姱以鞿羁[5]兮，謇朝谇[6]而夕替。

既替[7]余以蕙纕兮，又申[8]之以揽茝。

亦余心之所善[9]兮，虽九死[10]其犹未悔。

怨灵修之浩荡[11]兮，终不察夫民心；

1．矫：举起，昂起。

2．𫄸𫄸：长而美好的样子。

3．前修：前代的贤人。

4．太息：叹息。

5．鞿羁：喻指束缚、约束。鞿，马缰绳。羁，马笼头。

6．谇：谏诤。

7．替：废弃、贬斥。

8．申：加上。

9．善：认为好。

10．九死：泛指多次死亡。

11．浩荡：荒唐。

众女嫉余之蛾眉兮，谣诼^{1}谓余以善淫。

固时俗之工巧^{2}兮，偭^{3}规矩而改错^4。

背绳墨^{5}以追曲兮，竞周容^{6}以为度。

忳郁邑^{7}余侘傺^{8}兮，吾独穷困乎此时也。

宁溘死^{9}以流亡^{10}兮，余不忍为此态也。

鸷鸟之不群^{11}兮，自前世而固然。

何方圜之能周^{12}兮，夫孰异道而相安。

屈心而抑志兮，忍尤而攘诟^{13}。

---

1. 谣诼：造谣、诽谤。

2. 工巧：善于取巧。

3. 偭：背向，引申为违背。

4. 错：通"措"，措施。

5. 绳墨：木匠取直线用的引绳弹墨的工具，俗称墨斗。比喻准绳、准则。

6. 周容：苟合奉承以取悦于人。

7. 忳郁邑：强调忧闷之深切。忳，忧闷。

8. 侘傺：失意的样子。

9. 溘死：突然死亡。

10. 流亡：随流水而消逝。

11. 群：合群。

12. 周：合。

13. 攘诟：忍受耻辱。

伏[1]清白以死直[2]兮，固前圣之所厚[3]。

悔相道[4]之不察兮，延伫[5]乎吾将反。

回朕车以复路兮，及行迷之未远。

步余马于兰皋兮，驰椒丘[6]且焉止息。

进不入以离尤[7]兮，退将复修吾初服。

制芰荷以为衣兮，集芙蓉以为裳。

不吾知其亦已兮，苟余情其信芳[8]。

高余冠之岌岌[9]兮，长余佩[10]之陆离[11]。

---

1. 伏：保持，守。

2. 直：正直。

3. 厚：看重。

4. 相道：观察、选择道路。

5. 延伫：久久伫立。

6. 椒丘：长着椒树的山岗。

7. 离尤：遭受指责。离，通“罹”。

8. 信芳：确实芬芳美好。

9. 岌岌：高耸的样子。

10. 佩：佩戴。

11. 陆离：修长的样子。

芳与泽其杂糅兮，唯昭质[1]其犹未亏。

忽反顾以游目[2]兮，将往观乎四荒[3]。

佩缤纷其繁饰[4]兮，芳菲菲[5]其弥章[6]。

民生各有所乐兮，余独好修以为常。

虽体解[7]吾犹未变兮，岂余心之可惩[8]。

女嬃[9]之婵媛[10]兮，申申[11]其詈[12]予。

---

1. 昭质：光明纯洁的本质。

2. 游目：放眼观看。

3. 四荒：指辽阔大地。

4. 繁饰：众多装饰品。

5. 芳菲菲：服饰品之芳香浓烈。

6. 弥章：更加明显。章，通"彰"。

7. 体解：肢解。

8. 惩：戒惧，因受创而知戒。

9. 女嬃：屈原姐姐。

10. 婵媛：牵挂关心。

11. 申申：反反复复。

12. 詈：责骂。

曰：鲧婞直^{1}以亡身兮，终然夭^{2}乎羽之野^3。

汝何博謇^{4}而好修兮，纷独有此姱节。

薋^{5}菉葹^{6}以盈室兮，判^{7}独离^{8}而不服^9。

众不可户说兮，孰云察余之中情。

世并举^{10}而好朋^{11}兮，夫何茕独^{12}而不予听。

依前圣以节^{13}中兮，喟凭心而历兹^{14}。

---

1. 婞直：刚直。

2. 夭：早死。

3. 羽之野：羽山之郊。

4. 博謇：学识广博而志行忠直。

5. 薋：堆积。

6. 菉葹：两种恶草。比喻谗佞的小人。

7. 判：分别，区别。

8. 独离：一人远离。

9. 不服：不肯佩戴。

10. 并举：相互抬举。

11. 朋：营私结党。

12. 茕独：孤孤单单的样子。

13. 节：节制。

14. 历兹：至此。

济沅湘以南征兮，就重华¹而陈词：

启九辩与九歌兮，夏康娱²以自纵³。

不顾难以图后兮，五子用失乎家巷。

羿淫游以佚畋⁴兮，又好射夫封⁵狐。

固乱流其鲜终兮，浞⁶又贪夫厥家⁷。

浇⁸身被服⁹强圉¹⁰兮，纵欲而不忍。

日康娱以自忘兮，厥首用夫¹¹颠陨¹²。

夏桀之常违兮，乃遂焉而逢殃。

---

1. 重华：舜名。

2. 康娱：安乐。

3. 自纵：放纵自己。

4. 佚畋：放纵打猎。

5. 封：大。

6. 浞：寒浞，相传为后羿相，使家臣逢蒙杀羿，并强占了后羿的妻子。

7. 厥家：他的家室。厥，相当于"其"，他的。

8. 浇：寒浞的儿子。

9. 被服：同"披服"，原作穿戴，引申为依仗负恃。

10. 强圉：强暴有力。

11. 用夫：因此。

12. 颠陨：掉落。

后辛¹之菹醢²兮，殷宗³用而不长。

汤禹俨⁴而祗敬⁵兮，周论道⁶而莫差⁷。

举贤而授能兮，循绳墨而不颇⁸。

皇天无私阿⁹兮，览民德焉错辅¹⁰。

夫维圣哲以茂行兮，苟得用此下土¹¹。

瞻前而顾后兮，相观¹²民之计极。

夫孰非义而可用兮，孰非善而可服？

阽¹³余身而危死兮，览余初其犹未悔。

---

1. 后辛：殷纣王。

2. 菹醢：古代酷刑，把人剁成肉酱。

3. 殷宗：殷朝的宗祀。

4. 俨：庄重严肃。

5. 祗敬：恭敬谨慎。

6. 论道：讲求正道。

7. 莫差：没有差错。

8. 颇：偏斜。

9. 私阿：偏私、偏爱。

10. 错辅：实行辅助。错，同"措"。

11. 下土：天下。

12. 相观：观看、考虑。

13. 阽：临近危境。

不量凿而正枘兮，固前修以菹醢。

曾歔欷余郁邑兮，哀朕时之不当。

揽茹蕙以掩涕兮，沾余襟之浪浪 ¹。

跪敷衽 ² 以陈辞兮，耿吾既得此中正。

驷玉虬 ³ 以乘鹥兮，溘埃风 ⁴ 余上征 ⁵。

朝发轫 ⁶ 于苍梧兮，夕余至乎县圃。

欲少留此灵琐 ⁷ 兮，日忽忽其将暮。

吾令羲和弭节 ⁸ 兮，望崦嵫而勿迫。

路曼曼其修远兮，吾将上下而求索。

饮余马于咸池兮，总 ⁹ 余辔乎扶桑。

---

1. 浪浪：泪流的样子。

2. 敷衽：铺开衣襟。

3. 驷玉虬：以四条玉虬龙驾车。

4. 埃风：携带尘埃的风。

5. 上征：向天上飞行。

6. 发轫：出发。轫，放在车轮前的木头，以制止车轮滚动。

7. 灵琐：神灵的门。

8. 弭节：停止用鞭子抽打龙，使车缓行。

9. 总：结、系。

折若木以拂日兮，聊逍遥以相羊[1]。

前望舒[2]使先驱兮，后飞廉[3]使奔属[4]。

鸾皇为余先戒[5]兮，雷师告余以未具。

吾令凤鸟飞腾兮，继之以日夜。

飘风屯[6]其相离兮，帅[7]云霓而来御。

纷总总其离合兮，斑陆离其上下。

吾令帝阍[8]开关兮，倚阊阖[9]而望予。

时暧暧[10]其将罢兮，结幽兰而延伫。

世溷浊而不分兮，好蔽美而嫉妒。

1.　相羊：徘徊，徜徉。

2.　望舒：传说中为月亮驾车的神。

3.　飞廉：神话中的风神。

4.　奔属：跟在后面奔走。

5.　先戒：先行为戒备，即开路警戒。

6.　屯：聚合。

7.　帅：率领。

8.　帝阍：为天帝守门的神。

9.　阊阖：天门。

10.　暧暧：昏暗。

朝吾将济于白水兮，登阆风[1]而继[2]马。

忽反顾以流涕兮，哀高丘之无女。

溘吾游此春宫兮，折琼枝以继佩。

及荣华之未落兮，相下女[3]之可诒[4]。

吾令丰隆[5]乘云兮，求宓妃[6]之所在；

解佩纕以结言[7]兮，吾令蹇修[8]以为理[9]。

纷总总[10]其离合兮，忽纬繣[11]其难迁[12]。

夕归次[13]于穷石兮，朝濯发乎洧盘。

---

1. 阆风：神话中的山名。

2. 继：系，拴。

3. 下女：下界的女子，指下文的宓妃、简狄及有虞二姚。

4. 诒：通"贻"，赠送。

5. 丰隆：神话中的云神。

6. 宓妃：相传伏羲氏的女儿，溺死于洛水，遂成为洛水的神。

7. 结言：订结盟约。

8. 蹇修：传说为伏羲氏的臣子。

9. 理：媒人。

10. 纷总总：乱糟糟无头绪。

11. 纬繣：乖戾，古怪。

12. 难迁：指宓妃的意志难以改变。

13. 次：住宿。

保¹厥美以骄傲兮，日康娱以淫游。

虽信美而无礼兮，来违弃²而改求。

览相观³于四极兮，周流⁴乎天余乃下。

望瑶台之偃蹇⁵兮，见有娀⁶之佚女⁷。

吾令鸩为媒兮，鸩告余以不好。

雄鸠之鸣逝兮，余犹恶其佻巧。

心犹豫而狐疑兮，欲自适而不可。

凤皇既受诒兮，恐高辛之先我。

欲远集⁸而无所止兮，聊⁹浮游以逍遥。

----

1. 保：仗恃。

2. 违弃：抛弃，离开。

3. 览相观：三个同义字连用，都是"观察，看"的意思。

4. 周流：周游，遍行。

5. 偃蹇：高耸的样子。

6. 有娀：古代国名。相传有娀氏有二美女，居住在高台之上，其一名简狄，后来嫁给了帝喾（即高辛氏），生契。

7. 佚女：美女。

8. 集：鸟栖止在树木上。

9. 聊：姑且。

及少康之未家[1]兮，留有虞之二姚。

理弱而媒拙兮，恐导言[2]之不固[3]。

世溷浊而嫉贤兮，好蔽美而称恶。

闺中既以邃远兮，哲王又不寤[4]。

怀朕情而不发[5]兮，余焉能忍而与此终古[6]。

索藑茅以筵篿[7]兮，命灵氛为余占之。

曰两美其必合兮，孰信修而慕之。

思九州之博大兮，岂唯是其有女。

曰勉[8]远逝[9]而无狐疑兮，孰求美而释[10]女。

---

1. 家：成家。

2. 导言：通达双方意见的话。

3. 不固：不牢靠，无力。

4. 寤：醒悟；觉醒。

5. 发：抒发，倾诉。

6. 终古：永久。

7. 筵篿：占卜用的竹枝竹片。

8. 勉：努力。

9. 远逝：远行。

10. 释：舍弃。

何所独无芳草兮，尔何怀乎故宇？

世幽昧以眩曜[1]兮，孰云察余之善恶。

民好恶其不同兮，惟此党人其独异。

户服艾以盈要[2]兮，谓幽兰其不可佩。

览察草木其犹未得兮，岂珵[3]美之能当。

苏[4]粪壤[5]以充帏[6]兮，谓申椒其不芳。

欲从灵氛之吉占兮，心犹豫而狐疑。

巫咸将夕降兮，怀椒糈[7]而要之。

百神翳[8]其备降[9]兮，九疑缤[10]其并迎；

---

1. 眩曜：惑乱、迷乱。

2. 要：人体的腰部，后作“腰”。

3. 珵：美玉。

4. 苏：取。

5. 粪壤：粪土。

6. 帏：香囊。

7. 糈：祭神用的精米。

8. 翳：遮蔽。

9. 备降：全部降临。

10. 缤：盛多。

皇剡剡[1]其扬灵兮，告余以吉故。

曰勉升降以上下兮，求榘矱之所同。

汤禹俨而求合兮，挚咎繇而能调。

苟中情其好修兮，又何必用夫行媒？

说操筑[2]于傅岩兮，武丁[3]用而不疑。

吕望[4]之鼓刀兮，遭周文而得举。

宁戚之讴歌兮，齐桓闻以该辅[5]。

及年岁之未晏[6]兮，时亦犹其未央[7]。

恐鹈鴂之先鸣兮，使夫百草为之不芳。

何琼佩之偃蹇兮，众薆然[8]而蔽之。

---

1. 剡剡：光芒闪耀的样子。

2. 操筑：拿着杵。相传傅说怀抱道德而遭刑罚，在傅岩操杵筑墙。

3. 武丁：殷高宗名。

4. 吕望：太公姜尚。

5. 该辅：备为辅佐。

6. 未晏：晚。

7. 未央：未尽。

8. 薆然：隐蔽、遮掩的样子。

惟此党人之不谅[1]兮，恐嫉妒而折之。

时缤纷其变易兮，又何可以淹留。

兰芷变而不芳兮，荃蕙化而为茅。

何昔日之芳草兮，今直为此萧艾也。

岂其有他故兮？莫好修之害[2]也。

余以兰为可恃兮，羌无实而容长[3]。

委[4]厥美以从俗兮，苟得列乎众芳。

椒专佞[5]以慢慆[6]兮，樧又欲充夫佩帏。

既干进[7]而务入[8]兮，又何芳之能祗？

固时俗之流从[9]兮，又孰能无变化。

---

1. 不谅：没有诚信。

2. 害：害处。

3. 容长：（虚有）美善的外貌。

4. 委：舍弃、丢弃。

5. 专佞：一味谄媚。

6. 慢慆：傲慢放肆。

7. 干进：钻营求进。

8. 务入：意思与"干进"相同。

9. 流从：从恶好像从水而流。

览椒兰其若兹兮，又况揭车与江离。

惟兹佩之可贵兮，委厥美而历兹。

芳菲菲而难亏兮，芬至今犹未沫¹。

和²调度³以自娱兮，聊浮游而求女。

及余饰之方壮⁴兮，周流观乎上下。

灵氛既告余以吉占兮，历吉日乎吾将行。

折琼枝以为羞⁵兮，精琼爢⁶以为粮⁷。

为余驾飞龙兮，杂瑶象以为车。

何离心之可同兮，吾将远逝以自疏⁸。

邅⁹吾道夫昆仑兮，路修远以周流。

1．未沫：没有消散。

2．和：和谐。

3．调度：格调与法度。

4．壮：壮观。

5．羞：美味的食品。

6．琼爢：碎玉屑。

7．粮：粮食。

8．自疏：自求疏远。

9．邅：转。

扬云霓之晻蔼[1]兮，鸣玉鸾之啾啾。

朝发轫于天津兮，夕余至乎西极。

凤皇翼其承旃兮，高翱翔之翼翼。

忽吾行此流沙[2]兮，遵[3]赤水而容与[4]。

麾蛟龙使梁津兮，诏西皇使涉予[5]。

路修远以多艰兮，腾[6]众车使径待[7]。

路不周[8]以左转兮，指西海以为期。

屯[9]余车其千乘兮，齐玉轪[10]而并驰。

驾八龙之婉婉[11]兮，载云旗之委蛇[12]。

---

1. 晻蔼：昏暗不明的样子。

2. 流沙：指西北沙漠一带。

3. 遵：沿着。

4. 容与：从容不迫的样子。

5. 涉予：渡我过去。

6. 腾：越过。

7. 径待：直接等待。

8. 不周：不周山。神话中的山名，在昆仑山西北。

9. 屯：聚。

10. 轪：车轮。

11. 婉婉：屈伸的样子，同"蜿蜒"，形容龙身的游动貌。

12. 委蛇：旗子随风伸展的样子。

抑志而弭节兮，神高驰之邈邈[1]。

奏九歌而舞韶兮，聊假日[2]以婾乐。

陟[3]升皇[4]之赫戏[5]兮，忽临睨[6]夫旧乡。

仆夫悲余马怀兮，蜷局[7]顾而不行。

乱[8]曰：已矣哉，

国无人莫我知兮，又何怀乎故都。

既莫足与为美政兮，吾将从彭咸之所居！

（本文和以下九篇文章，均由王屏萍注释）

---

1. 邈邈：遥远。

2. 假日：通"暇"，闲暇、从容。

3. 陟：登，升。

4. 皇：皇天，广大的天空。

5. 赫戏：光明照耀。

6. 睨：旁视，斜视。

7. 蜷局：蜷曲不行。

8. 乱：终篇的结语，乐歌的卒章。

逍遥游　庄周

　　北冥[1]有鱼，其名为鲲。鲲之大，不知其几千里也。化而为鸟，其名为鹏。鹏之背，不知其几千里也。怒[2]而飞，其翼若垂天之云。是鸟也，海运则将徙于南冥。南冥者，天池也。

　　《齐谐》者，志怪[3]者也。《谐》之言曰："鹏之徙于南冥也，水击三千里，抟[4]扶摇[5]而上者九万里，去以六月息[6]者

---

1. 北冥：北海。冥，通"溟"。
2. 怒：奋发。文中指鼓起翅膀。
3. 志怪：记载怪异的事物。
4. 抟：环旋着往上飞。
5. 扶摇：旋风。
6. 息：气息。文中指风。

也。"野马[1]也，尘埃也，生物之以息相吹也。天之苍苍，其正色[2]邪？其远而无所至极邪？其视下也，亦若是[3]则已矣！

且夫水之积也不厚，则其负大舟也无力；覆[4]杯水于坳堂[5]之上，则芥为之舟，置杯焉则胶[6]，水浅而舟大也。风之积也不厚，则其负大翼也无力。故九万里则风斯[7]在下矣，而后乃今[8]培风；背负青天而莫之夭阏[9]者，而后乃今将图南。

"蜩与学鸠笑之曰：'我决起[10]而飞，枪[11]榆枋，时则不

---

1. 野马：游动的雾气。春天山林沼泽中的雾气奔腾如野马。
2. 正色：本色。
3. 若是：像这样。
4. 覆：倒。
5. 坳堂：堂上低洼之处。
6. 胶：粘，指着地。
7. 斯：就。
8. 乃今：这才。
9. 夭阏：阻塞。
10. 决起：快速起飞。
11. 枪：突；冲撞。

至，而控^{1}于地而已矣，奚以^{2}之九万里而南为？'”适莽苍^{3}者，三餐而反，腹犹果然^4；适百里者，宿舂粮^5；适千里者，三月聚粮。之^{6}二虫，又何知！

小知不及大知^7，小年不及大年^8。奚以知其然也？朝菌不知晦朔^9，蟪蛄不知春秋，此小年也。楚之南有冥灵者，以五百岁为春，五百岁为秋；上古有大椿者，以八千岁为春，八千岁为秋。而彭祖乃今以久特^{10}闻，众人匹^{11}之，不亦悲乎！

---

1. 控：投，落下。

2. 奚以……为：相当于“哪里用得着……呢”。

3. 莽苍：郊野景象。指近郊。

4. 果然：很饱的样子。

5. 舂粮：捣米储备粮食。

6. 之：这。

7. 知：通“智”。

8. 年：岁数、年龄。

9. 晦朔：一个月的时间。晦，阴历每月最后一天。朔：阴历每月的第一天。

10. 特：独。

11. 匹：相比。

汤之问棘也是已[1]：穷发[2]之北，有冥海者，天池也。有鱼焉，其广数千里，未有知其修者，其名为鲲。有鸟焉，其名为鹏，背若太山，翼若垂天之云，抟扶摇羊角[3]而上者九万里，绝[4]云气，负青天，然后图南，且适南冥也。斥鷃笑之曰："彼且奚适也！我腾跃而上，不过数仞而下，翱翔蓬蒿之间，此亦飞之至也。而彼且奚适也！"此小大之辩[5]也。

故夫知效[6]一官，行比[7]一乡，德合一君，而[8]征[9]一国者，其自视也，亦若此矣。而宋荣子犹然[10]笑之。且举世而

---

1. 已：通"矣"。
2. 穷发：传说中极荒远的不生草木之地。
3. 羊角：旋风。
4. 绝：直上穿过。
5. 辩：通"辨"，区别。
6. 效：功效。文中是"胜任"的意思。
7. 比：合。
8. 而：通"能"，才干。
9. 征：信。文中是"取信"的意思。
10. 犹然：笑的样子。

誉之而不加劝[1]，举世而非之而不加沮，定乎内外之分，辩乎荣辱之境，斯已矣。彼其于世，未数数然[2]也。虽然，犹有未树也。

夫列子御风而行，泠然[3]善也，旬有五日而后反。彼于致福者，未数数然也。此虽免乎行，犹有所待者也。若夫乘天地之正[4]而御六气之辩[5]，以游无穷者，彼且恶乎待[6]哉！故曰：至人无己，神人无功，圣人无名。

尧让天下于许由，曰："日月出矣而爝火[7]不息，其于光也不亦难乎！时雨降矣而犹浸灌[8]，其于泽也不亦劳[9]乎！

---

1. 劝：勉励。
2. 数数然：拼命追求的样子。
3. 泠然：轻快的样子。
4. 正：与下文的"辩（变）"相对而言。
5. 辩：通"变"。变化。
6. 恶乎待：凭借什么。恶：何。
7. 爝火：火把。文中偏重于言其光之小。
8. 浸灌：灌溉。
9. 劳：徒劳。

夫子立而天下治[1]，而我犹尸[2]之，吾自视缺然[3]。请致[4]天下。"许由曰："子治天下，天下既已治也，而我犹代子，吾将为名乎？名者，实之宾[5]也。吾将为宾乎？鹪鹩巢于深林，不过一枝；偃鼠饮河，不过满腹。

"归休乎君，予无所用天下为！庖人虽不治庖，尸祝[6]不越樽俎[7]而代之矣。"

肩吾问于连叔曰："吾闻言于接舆，大而无当，往而不反[8]。吾惊怖其言，犹河汉而无极也。大有径庭，不近人情焉。"

连叔曰："其言谓何哉？"曰："'藐姑射之山，有神人居焉，肌肤若冰雪，绰约若处子。不食五谷，吸风饮露。

---

1. 治：安定太平。

2. 尸：占据位置，不做事情。

3. 缺然：不足的样子。

4. 致：给予。

5. 宾：从属物。文中指随从。

6. 尸祝：古代祭祀时对尸主持祝告的人。

7. 樽俎：盛酒肉的器具。文中指厨师。

8. 往而不反：说到哪里是哪里，不着边际。

乘云气，御飞龙，而游乎四海之外。其神凝，使物不疵疠[1]而年谷熟。'吾以是狂而不信也。"

连叔曰："然。瞽者无以与乎文章之观，聋者无以与乎钟鼓之声。岂唯形骸有聋盲哉！夫知亦有之。是其言也，犹时女[2]也。之人也，之德也，将旁礴[3]万物以为一，世蕲[4]乎乱，孰弊弊[5]焉以天下为事！之人也，物莫之伤[6]，大浸[7]稽[8]天而不溺，大旱金石流土山焦而不热。是其尘垢秕糠将犹陶铸[9]尧舜者也，孰肯以物为事！"

宋人资[10]章甫[11]而适[12]诸越，越人断发文身，无所用之。

1．疵疠：疾病。

2．时女：是你。时，同"是"。女，同"汝"。

3．旁礴：广被，充满。形容无所不包，无所不及。

4．蕲：求。同"祈"。

5．弊弊：辛苦经营或者疲惫不堪的样子。

6．伤：伤害。

7．大浸：大水。

8．稽：至、到。

9．陶铸：制造。陶，制瓦器。铸，制金器。

10．资：购买。

11．章甫：成年男子戴的一种礼帽。

12．适：往，到。

尧治天下之民，平海内之政，往见四子藐姑射之山汾水之
阳，窅然丧其天下焉。

　　惠子谓庄子曰："魏王贻我大瓠之种，我树之成而实¹
五石；以盛水浆，其坚不能自举也。剖之以为瓢，则瓠落
无所容。非不呺然²大也，吾为其无用而掊³之。"庄子曰：
"夫子固拙于用大矣！宋人有善为不龟⁴手之药者，世世以
洴澼⁵絖⁶为事。客闻之，请买其方百金。聚族而谋曰：'我
世世为洴澼絖，不过数金。今一朝而鬻技百金，请与之。'
客得之，以说吴王。越有难，吴王使之将。冬，与越人水
战，大败越人，裂地而封⁷之。能不龟手一也，或以封，或
不免于洴澼絖，则所用之异也。今子有五石之瓠，何不虑

1．实：容纳。

2．呺然：大而中空的样子。

3．掊：击破。

4．龟：手足皮肤因寒冷干燥而破裂。通"皲"。

5．洴澼：在水中漂洗。

6．絖：丝绵。

7．封：封赏。

以为大樽而浮乎江湖，而忧其瓠落无所容？则夫子犹有蓬之心¹也夫！”

惠子谓庄子曰：“吾有大树，人谓之樗。其大本拥肿而不中绳墨，其小枝卷曲而不中规矩。立之涂²，匠者不顾。今子之言，大而无用，众所同去也。”庄子曰：“子独不见狸狌乎？卑身而伏，以候敖者³；东西跳梁，不避高下，中于机辟，死于罔罟⁴。今夫斄牛，其大若垂天之云，此能为大矣，而不能执鼠。今子有大树，患其无用，何不树之于无何有之乡，广莫之野，彷徨乎无为其侧，逍遥乎寝卧其下？不夭⁵斤斧，物无害者，无所可用，安所困苦哉！”

1．蓬之心：心灵被蒙蔽。

2．涂：同“途”。道路。

3．敖者：往来的小动物，狸狌取食的对象。敖，同“遨”。

4．罔罟：网。罔，同“网”。罟，网。

5．夭：夭折。

报任安书

司马迁

太史公牛马走司马迁再拜言，少卿足下[1]：曩者[2]辱赐书，教以慎于接物，推贤进士为务。意气[3]勤勤恳恳，若望[4]仆不相师[5]，而用流俗人之言。仆非敢如此也。仆虽罢驽[6]，亦尝侧闻长者之遗风矣。顾自以为身残处秽，动而见尤[7]，欲益[8]反损，是以独抑郁而谁与语[9]。谚曰："谁

1. 足下：敬辞。古代下称上或同辈相称都可用足下。

2. 曩者：从前。

3. 意气：情意和语气。

4. 望：责怪，抱怨。

5. 相师：效法。相，表示动作偏指一方。

6. 罢驽：低劣的马。比喻人的才能低下。

7. 尤：抱怨，指责。

8. 益：增加。

9. 谁与语：没有人可以诉说。

为¹为之？孰令听之？"盖钟子期死，伯牙终身不复鼓琴。何则？士为知己者用，女为悦己者容。若仆大质²已亏缺矣，虽才怀随、和³，行若由、夷⁴，终不可以为荣，适足以发笑而自点⁵耳。书辞宜答，会东从上⁶来，又迫贱事⁷，相见日浅，卒卒⁸无须臾之间得竭志意⁹。今少卿抱不测之罪，涉

---

1. 谁为：为了谁。"为谁"的倒装。

2. 大质：身体。

3. 随、和：随侯珠、和氏璧。随侯珠，春秋战国时期随国的珍宝；和氏璧，中国古代著名的美玉。二者并称为"春秋二宝"。

4. 由、夷：许由、伯夷。许由是上古时代一位品行高洁的贤人，也是古代隐士中最早名声显赫的一位。相传尧帝要把君位让给他，他推辞不受，逃于箕山下，农耕而食；尧帝又让他做九州长官，他到颍水边洗耳，表示不愿听到这些世俗浊言。伯夷，商末孤竹国君主亚微的长子。父死，叔齐让位于伯夷。伯夷以父命为尊，遂逃之，而叔齐亦不肯立，亦逃之。伯夷叔齐同往西岐，恰遇周武王讨伐纣王，伯夷和叔齐不畏强暴，叩马谏伐。后天下宗周，伯夷叔齐耻食周粟，饿死首阳山，自此成为天下美谈。

5. 自点：玷污自己。

6. 从上：跟随皇帝。

7. 贱事：谦称自己的琐事。

8. 卒卒：匆促。

9. 志意：旨意，意向。文中指心意。

旬月，迫季冬，仆又薄¹从上雍，恐卒然²不可为讳³，是仆终已不得舒愤懑以晓左右，则长逝者魂魄私恨无穷，请略陈固陋⁴。阙然⁵久不报，幸勿为过⁶。

仆闻之：修身者，智之符⁷也；爱施者，仁之端⁸也；取予者，义之表⁹也；耻辱者，勇之决¹⁰也；立名者，行之极¹¹也。士有此五者，然后可以托于世，而列于君子之林矣。故祸莫憯¹²于欲利，悲莫痛于伤心，行莫丑于辱先，诟莫大于宫刑。刑余之人，无所比数，非一世也，所从来¹³

---

1. 薄：迫近，接近。

2. 卒然：突然。

3. 讳：避忌，回避的事物。

4. 固陋：固塞鄙陋（的意见）。

5. 阙然：（时间）隔了很久。

6. 为过：见责。过，责备。

7. 符：凭证。

8. 端：发端，开始。

9. 表：标志，征兆。

10. 决：判断。

11. 极：准则，法则。

12. 憯：惨痛。

13. 从来：由来。

远矣。昔卫灵公与雍渠同载，孔子适陈；商鞅因景监¹见，赵良寒心；同子参乘²，袁丝变色：自古而耻之。夫中材之人，事有关于宦竖，莫不伤气，而况于慷慨之士乎！如今朝廷虽乏人，奈何令刀锯之余荐天下豪俊哉！仆赖先人绪业³，得待罪辇毂下，二十余年矣。所以自惟⁴，上之，不能纳忠效信，有奇策材力之誉，自结明主；次之，又不能拾遗补阙，招贤进能，显岩穴之士⁵；外之，不能备行伍，攻城野战，有斩将搴⁶旗之功；下之，不能积日累劳，取尊官厚禄，以为宗族交游光宠。四者无一遂，苟合取容⁷，无所短长之效，可见于此矣。向者⁸，仆亦尝厕下大夫之列，陪

1. 景监：芈姓，景氏，名监。战国时人。秦孝公宠幸的臣子，曾引荐商鞅。

2. 参乘：在车右边陪乘，也指陪乘之人。

3. 绪业：事业，遗业。

4. 惟：思考。

5. 岩穴之士：隐士。

6. 搴：拔取。

7. 苟合取容：随便附和，曲意逢迎，屈从讨好，取悦于人。

8. 向者：先前。

奉外廷末议[1]，不以此时引纲维[2]，尽思虑，今已亏形为扫除之隶，在阘茸[3]之中，乃欲仰首伸眉，论列是非，不亦轻朝廷、羞当世之士邪？嗟乎！嗟乎！如仆尚何言哉！尚何言哉！

且事本末未易明也。仆少负不羁之才，长无乡曲[4]之誉，主上幸以先人之故，使得奉薄伎，出入周卫[5]之中。仆以为戴盆何以望天，故绝宾客之知，亡室家之业，日夜思竭其不肖之才力，务一心营职，以求亲媚于主上。而事乃有大谬不然者。

夫仆与李陵俱居门下，素非能相善[6]也，趋舍[7]异路，未尝衔杯酒、接殷勤之余欢。然仆观其为人，自守奇士，事亲孝，与士信，临财廉，取与义，分别有让，恭俭下

---

1. 末议：肤浅的，微不足道的议论。

2. 纲维：纲纪法度。

3. 阘茸：卑贱。

4. 乡曲：偏僻的地方，引申指乡里。

5. 周卫：宫禁。

6. 相善：交好，引申为亲密。

7. 趋舍：取舍。

106

人，常思奋不顾身，以殉国家之急。其素所蓄积也，仆以为有国士之风。夫人臣出万死不顾一生之计，赴公家之难，斯已奇矣。今举事一不当，而全躯保妻子之臣随而媒蘖[1]其短，仆诚私心痛之。且李陵提步卒不满五千，深践戎马之地，足历王庭，垂饵虎口，横挑强胡，仰亿万之师，与单于连战十有余日，所杀过当，虏救死扶伤不给。旃裘[2]之君长咸震怖，乃悉征其左右贤王，举引弓之人，一国共攻而围之。转斗千里，矢尽道穷，救兵不至，士卒死伤如积。然陵一呼劳军，士无不起，躬自流涕，沫血饮泣，更张空拳[3]，冒白刃，北向争死敌者。陵未没[4]时，使有来报，汉公卿王侯皆奉觞上寿。后数日，陵败书闻，主上为之食不甘味[5]，听朝不怡[6]。大臣忧惧，不知所出。仆窃不自料其卑贱，见主上惨怆怛悼[7]，诚欲效其款款之愚。以为李陵素

---

1. 媒蘖：也作"媒孽"，酿成其罪，构陷他人。文中有夸大的意思。

2. 旃裘：北方匈奴、胡人的服饰，借指匈奴、胡人。也作"毡裘"。

3. 拳：弩弓。

4. 没：覆没。

5. 食不甘味：吃东西都觉得没有味道。形容心里有事，吃东西也不香。

6. 怡：喜悦，快乐。

7. 惨怆怛悼：忧伤悲痛。

与士大夫绝甘分少[1]，能得人之死力，虽古之名将，不能过也。身虽陷败，彼观其意，且欲得其当[2]而报于汉。事已无可奈何，其所摧败，功亦足以暴[3]于天下矣。仆怀欲陈之，而未有路，适会召问，即以此指推言陵之功，欲以广主上之意，塞睚眦[4]之辞。未能尽明，明主不晓，以为仆沮[5]贰师[6]，而为李陵游说，遂下于理。拳拳之忠，终不能自列[7]，因为诬上，卒从吏议。

　　家贫，货赂不足以自赎，交游[8]莫救视，左右亲近不为一言。身非木石，独与法吏为伍，深幽囹圄[9]之中，谁可告诉[10]者！此真少卿所亲见，仆行事岂不然乎？李陵既生降，

---

1. 绝甘分少：好吃的东西让给人家，不多的东西与人共享。形容自己刻苦，待人优厚。

2. 得其当：得到适当的时机。

3. 暴：显露。

4. 睚眦：怒目而视，引申为小的仇怨。

5. 沮：诋毁。

6. 贰师：指贰师将军李广利。

7. 自列：自陈，自白。

8. 交游：有交往的朋友。

9. 囹圄：监狱。

10. 告诉：申诉，诉说。

颓[1]其家声[2]，而仆又佴[3]之蚕室[4]，重为天下观笑。悲夫！悲夫！事未易一二为俗人言也。

　　仆之先非有剖符、丹书[5]之功，文、史、星、历，近乎卜祝之间，固主上所戏弄，倡优所畜，流俗之所轻也。假令仆伏法受诛，若九牛亡一毛，与蝼蚁何以异？而世俗又不能与死节者次比，特[6]以为智穷罪极，不能自免，卒就死耳。何也？素所自树立[7]使然也。人固有一死，或重于泰山，或轻于鸿毛，用之所趋[8]异也。太上[9]不辱先，其次不

---

1. 颓：败坏。

2. 家声：家世的声誉。

3. 佴：随后。

4. 蚕室：狱名。宫刑者所居之室。

5. 剖符、丹书：皇帝发给功臣特殊待遇的契券。剖符，竹制契约，分剖为二，皇帝与功臣各执其一，上写誓词表示永保功臣封爵。丹书，誓词用朱笔写在铁制券契上，功臣后代子孙可凭此免罪。

6. 特：只、不过、仅仅。

7. 树立：文中指立身处世。

8. 用之所趋：因为所追求的东西。用：因为。趋：趋求，追求。

9. 太上：最上。

辱身，其次不辱理色[1]，其次不辱辞令，其次诎体[2]受辱，其次易服[3]受辱，其次关木索、被箠楚[4]受辱，其次剔毛发、婴金铁[5]受辱，其次毁肌肤、断肢体受辱，最下腐刑极矣。传曰"刑不上大夫"。此言士节不可不勉励也。猛虎在深山，百兽震恐，及在槛阱[6]之中，摇尾而求食，积威[7]约之渐[8]也。故士有画地为牢，势不可入；削木为吏，议不可对，定计于鲜[9]也。今交手足，受木索，暴肌肤，受榜箠，幽于圜墙[10]之中，当此之时，见狱吏则头抢[11]地，视徒隶则心惕息[12]。何者？积威约之势也。及以至是，言不辱者，所

---

1. 理色：肌理和脸面。色，颜面。

2. 诎体：卑躬屈膝。

3. 易服：换上囚犯穿的衣服。

4. 箠楚：杖刑。

5. 婴金铁：脖子套上铁链，即钳刑。婴，绕。

6. 槛阱：兽圈和陷阱。

7. 积威：长时间的威力。

8. 渐：渐进。

9. 鲜：鲜明。另一说，不以寿终。

10. 圜墙：指监狱。

11. 抢：碰撞。

12. 惕息：恐惧。

谓强颜耳，曷足贵乎！且西伯，伯也，拘于羑里；李斯，相也，具于五刑[1]；淮阴，王也，受械于陈；彭越、张敖，南面称孤，系狱抵罪；绛侯诛诸吕，权倾五伯，囚于请室[2]；魏其，大将也，衣赭衣，关三木[3]；季布为朱家钳奴[4]；灌夫受辱于居室，此人皆身至王侯将相，声闻邻国，及罪至罔加[5]，不能引决自裁，在尘埃之中。古今一体，安在其不辱也？由此言之，勇怯，势也；强弱，形也。审矣，何足怪乎？夫人不能早自裁绳墨[6]之外，以稍陵迟，至于鞭箠之间，乃欲引节，斯不亦远乎！古人所以重[7]施刑于大夫者，殆为此也。

夫人情莫不贪生恶死，念父母，顾妻子，至激于义理者不然，乃有所不得已也。今仆不幸，早失父母，无兄弟

---

1. 五刑：一种酷刑，即先割鼻、斩左右趾、笞杀，后枭首、菹其骨肉于市。

2. 请室：请罪之室，即囚禁有罪官吏的特设牢房。

3. 三木：加以颈、手、足三处的刑具。即枷、桎和梏。

4. 钳奴：用铁束颈当奴隶。

5. 罔加：受到法令制裁。罔，同"网"，法网。

6. 绳墨：比喻规矩、法度。

7. 重：慎重。

之亲，独身孤立，少卿视仆于妻子何如哉？且勇者不必死节，怯夫慕义，何处不勉焉！仆虽怯懦欲苟活，亦颇识去就[1]之分矣，何至自沉溺缧绁[2]之辱哉！且夫臧获[3]婢妾，犹能引决，况仆之不得已乎？所以隐忍苟活，幽于粪土之中而不辞者，恨私心有所不尽，鄙陋没世[4]而文采不表于后世也。

古者富贵而名磨灭[5]，不可胜记，唯倜傥非常之人称[6]焉。盖文王拘而演《周易》；仲尼厄[7]而作《春秋》；屈原放逐，乃赋《离骚》；左丘失明，厥[8]有《国语》；孙子膑脚，兵法修列[9]；不韦迁蜀，世传《吕览》；韩非囚秦，《说难》《孤愤》；《诗》三百篇，大底贤圣发愤之所为作也。此人

---

1. 去就：去留，取舍。引申为应持的态度。

2. 缧绁：犯人的绳子，这里指代囚禁。

3. 臧获：古人对奴婢的贱称。

4. 没世：终结一生。

5. 磨灭：消灭、湮灭。

6. 称：称道。

7. 厄：困穷。

8. 厥：乃，才。

9. 修列：编著。

皆意有所郁结，不得通其道，故述往事，思来者。乃如左丘无目，孙子断足，终不可用，退而论书策，以舒其愤，思垂空文[1]以自见。仆窃不逊[2]，近自托于无能之辞，网罗天下放失[3]旧闻，略考其事，综其终始，稽[4]其成败兴坏之纪[5]，上计轩辕，下至于兹，为十表，本纪十二，书八章，世家三十，列传七十，凡百三十篇。亦欲以究[6]天地之际[7]，通古今之变，成一家之言。草创未就，会遭此祸，惜其不成，是以就极刑而无愠色[8]。仆诚已著此书，藏之名山，传之其人，通邑[9]大都，则仆偿前辱之责[10]，虽万被戮，岂有悔哉！然此可为智者道，难为俗人言也。

---

1. 空文：指文章，与具体功业相对而言。

2. 不逊：不谦虚。

3. 放失：散乱的文献。失，通"佚"。

4. 稽：考订。

5. 纪：纲纪、规律。

6. 究：推断、探究。

7. 天地之际：自然现象与人类社会的关系。

8. 愠色：怨怒的神色。

9. 通邑：大的城市。

10. 责：指下狱受腐刑。责，通"债"。

　　且负下¹未易居，下流²多谤议。仆以口语遇遭此祸，重为乡党所戮笑，以污辱先人，亦何面目复上父母之丘墓乎？虽累百世，垢³弥甚耳！是以肠一日而九回，居则忽忽若有所亡，出则不知其所往。每念斯耻，汗未尝不发背沾衣也！身直为闺阁之臣⁴，宁得自引深藏岩穴邪？故且从俗浮沉，与时俯仰，以通其狂惑⁵，今少卿乃教以推贤进士，无乃与仆私心刺谬⁶乎？今虽欲自雕琢，曼辞⁷以自饰，无益，于俗不信，适足取辱耳。要之，死日然后是非乃定。书不能悉意，略陈固陋，谨再拜。

1. 负下：指处在屈辱的低位。负，居处。下，低下的地位。
2. 下流：地位低微。
3. 垢：污垢。文中指耻辱。
4. 闺阁之臣：宫禁中的臣仆，指宦官。
5. 狂惑：内心悲愤。
6. 刺谬：违背。
7. 曼辞：好听的话。

兰亭集序

王羲之

　　永和九年，岁在癸丑¹。暮春²之初，会于会稽山阴³之兰亭，修禊⁴事也。群贤毕至，少长咸⁵集。此地有崇山峻岭，茂林修竹，又有清流激湍，映带⁶左右，引以为流觞曲水⁷。

---

1. 癸丑：古人常用"天干"（甲、乙、丙、丁等）十个字和"地支"（子、丑、寅、卯等）十二个字循环相配来表示年月日的次序。永和九年正是癸丑年，即公元 353 年。
2. 暮春：春季的末一个月，即农历三月。暮，迟、晚。
3. 阴：与"阳"相对，山的北面和水的南面均为"阴"。
4. 禊：祭祀名。古代以三月上旬的"巳"日为修禊日；三国魏以后用三月三日。这一天人们到水边洗濯，嬉游，以祈福消灾。
5. 咸：皆，都。
6. 映带：映衬，围绕。
7. 流觞曲水：流觞用的曲水。觞，酒杯。流觞曲水指把盛酒的杯子浮在水面上从上游放出，循曲水而下，流到谁面前，谁就取来饮酒。

列坐其次，虽无丝竹管弦之盛，一觞一咏[1]，亦足以畅叙幽情[2]。是日也，天朗气清，惠风和畅。仰观宇宙之大，俯察品类[3]之盛，所以游目骋怀[4]，足以极[5]视听之娱[6]，信[7]可乐也。

夫[8]人之相与[9]，俯仰[10]一世，或[11]取诸怀抱[12]，晤言[13]一室之内；或因寄所托，放浪形骸[14]之外。虽取舍[15]万殊，静躁不同，当其欣于所遇，暂得于己[16]，快然[17]自足，曾不知老之将

---

1. 一觞一咏：一杯酒，一首诗。

2. 幽情：内心的感情。

3. 品类：自然界的万物。

4. 游目骋怀：放眼观览，敞开胸怀。

5. 极：极点，尽头。

6. 娱：乐趣。

7. 信：的确，确实。

8. 夫：语气词，用在句首，以提示下文。

9. 相与：相交往。

10. 俯仰：一俯一仰之间，比喻时间的短暂。

11. 或：有的人。

12. 怀抱：胸怀抱负。

13. 晤言：对面交谈。

14. 放浪形骸：不受约束，自由放纵的生活。

15. 取舍：也作"趋舍"。

16. 暂得于己：一时感到满足。

17. 快然：喜悦舒畅的样子。

至。及其所之既倦，情随事迁，感慨系之矣。向之所欣，俯仰之间，已为陈迹，犹不能不以之兴怀，况修短随化[1]，终期[2]于尽！古人云："死生亦大矣。"岂不痛哉！

　　每览昔人兴感之由[3]，若合一契[4]，未尝不临文嗟悼，不能喻[5]之于怀。固知一死生[6]为虚诞[7]，齐彭殇[8]为妄作[9]。后之视今，亦犹今之视昔，悲夫！故列叙时人，录其所述。虽世殊事异，所以兴怀，其致一也。后之览者，亦将有感于斯文。

---

1. 修短随化：（生命）长短，听凭造化。修，长；化，自然。

2. 期：至，及。

3. 兴感之由：产生感慨的原因。

4. 若合一契：好像符契那样相合。

5. 喻：明白、知道。

6. 一死生：把死和生看作一样。

7. 虚诞：虚妄荒诞。

8. 彭殇：长寿和短命。彭，即彭祖，传说中曾活到八百岁。殇，未成年而死去的人。

9. 妄作：虚妄之谈，没有根据的言论。

陶渊明

归去来兮辞

归去来¹兮，田园将芜，胡²不归！既自以心为形役³，奚⁴惆怅而独悲！悟已往之不谏⁵，知来者之可追；实迷途其未远，觉今是而昨非。

舟遥遥以轻飏⁶，风飘飘而吹衣。问征夫以前路，恨晨光之熹微。乃瞻衡宇⁷，载⁸欣载奔。僮仆欢迎，稚子⁹候

----

1. 来：语气词，相当于"吧""啦"，表祈使、劝勉。

2. 胡：为什么。

3. 心为形役：心灵被形体所役使。

4. 奚：为何，怎么。

5. 谏：劝止、挽救。

6. 飏：船缓慢行进的样子。

7. 衡宇：横木为门的房屋，指简陋的房屋。衡，通"横"。

8. 载：起加强语气的作用。

9. 稚子：幼子。

门。三径[1]就[2]荒，松菊犹存。携幼入室，有酒盈樽。引壶觞以自酌，眄[3]庭柯[4]以怡颜[5]。倚南窗以寄傲[6]，审[7]容膝[8]之易安。

园日涉[9]以成趣，门虽设而常关。策扶老[10]以流憩[11]，时矫首[12]而遐观。云无心以出岫[13]，鸟倦飞而知还。景翳翳[14]以将入，抚孤松而盘桓。

---

1. 三径：西汉末年王莽专权，兖州刺史蒋诩称病还乡隐居，在院中辟三径，只与求仲、羊仲来往。后来常用"三径"来指归隐后的住所。
2. 就：接近。
3. 眄：斜视，这里有"随便看看"的意思。
4. 庭柯：院子里的树木。
5. 怡颜：使脸上现出愉快的神色。
6. 寄傲：寄托傲然自得的情怀。
7. 审：清楚、明白。
8. 容膝：仅能容纳双膝的小屋，极言居室狭小。
9. 园日涉：每天在园子散步。
10. 扶老：手杖。
11. 流憩：漫步和休息。
12. 矫首：抬起头。
13. 出岫：从山坳间飘离而出。
14. 景翳翳：阳光暗淡。景：日光。

    归去来兮，请息交[1]以绝游[2]。世与我而相遗，复驾言[3]兮焉求？悦亲戚之情话，乐琴书以消忧。农人告余以春及，将有事于西畴[4]。或命巾车[5]，或棹孤舟。既窈窕以寻壑[6]，亦崎岖而经丘。木欣欣以向荣，泉涓涓而始流。羡[7]万物之得时，感吾生之行休。

    已矣乎！寓形[8]宇内复几时，曷不委心[9]任去留？胡为遑遑[10]欲何之？富贵非吾愿，帝乡[11]不可期。怀[12]良辰以孤往[13]，

---

1. 息交：停止与世人交往。

2. 绝游：断绝交往。

3. 言：助词，无意义。

4. 西畴：西边的田地。

5. 巾车：有布篷的小车。

6. 壑：山谷，山沟。

7. 羡：喜好，羡慕。

8. 寓形：寄托身体。

9. 委心：顺从内心。

10. 遑遑：心神不定的样子。

11. 帝乡：天帝居住的地方，也就是所谓的仙境。

12. 怀：留恋、爱惜。

13. 孤往：独自外出。

或植杖而耘耔。登东皋以舒啸^1，临清流而赋诗。聊^{2}乘化^{3}以
归尽，乐夫天命^{4}复奚疑！

1. 舒啸：放声长啸。
2. 聊：姑且。
3. 乘化：顺遂造化。
4. 天命：上天的意志。

送李愿归盘谷序

韩愈

    太行之阳有盘谷。盘谷之间，泉甘而土肥，草木蓁茂，居民鲜¹少。或曰："谓其环两山之间，故曰盘。"或曰："是谷也，宅幽²而势阻³，隐者之所盘旋。"友人李愿居之。

    愿之言曰："人之称大丈夫者，我知之矣。利泽施于人，名声昭⁴于时，坐于庙朝，进退百官，而佐天子出令。其在外，则树旗旄，罗⁵弓矢，武夫前呵⁶，从者塞途，供给之人，各执其物，夹道而疾驰。喜有赏，怒有刑。才畯⁷满

1．鲜：少。

2．宅幽：位置幽僻。

3．势阻：地势险要。

4．昭：显著，显扬。

5．罗：排列，分布。

6．前呵：在前面呼喊、吆喝着开路。

7．才畯：才能出众的人。"畯"通"俊"。

前，道古今而誉盛德，入耳而不烦。曲眉丰颊，清声[1]而便体[2]，秀外而惠中，飘轻裾，翳[3]长袖，粉白黛绿者，列屋而闲居，妒宠而负恃，争妍而取怜。大丈夫之遇知于天子，用力于当世者之所为也。吾非恶此而逃之，是有命焉，不可幸[4]而致[5]也。

"穷居[6]而野处，升高而望远，坐茂树以终日，濯清泉以自洁[7]。采于山，美可茹[8]；钓于水，鲜可食。起居无时，惟适之安。与其有誉于前，孰若无毁[9]于其后；与其有乐于身，孰若无忧于其心。车服不维[10]，刀锯不加，理乱[11]不知，黜陟[12]不闻。大丈夫不遇于时者之所为也，我则行之。

---

1. 清声：清越的声音。

2. 便体：灵便敏捷的体态。

3. 翳：遮蔽。

4. 幸：侥幸。

5. 致：得到。

6. 穷居：居住在闭塞简陋的地方。

7. 自洁：自我清洁。

8. 茹：吃。

9. 毁：诽谤。

10. 维：系物的大绳，引申为约束、束缚。

11. 理乱：治和乱，即国家的安宁与动乱。

12. 黜陟：官员的降免或升迁。

"伺候于公卿之门，奔走于形势[1]之途，足将进而趑趄[2]，口将言而嗫嚅[3]，处污秽而不羞，触刑辟[4]而诛戮，徼倖于万一，老死而后止者，其于为人贤不肖何如也？"

昌黎韩愈，闻其言而壮之，与之酒而为之歌曰："盘之中，维[5]子之宫。盘之土，可以稼。盘之泉，可濯可沿[6]。盘之阻[7]，谁争子所？窈而深，廓[8]其有容，缭而曲，如往而复。嗟盘之乐兮，乐且无殃。虎豹远迹兮，蛟龙遁藏。鬼神守护兮，呵禁[9]不祥。饮且食兮寿而康，无不足兮奚所望？膏[10]吾车兮秣[11]吾马，从子于盘兮，终吾生以徜徉。"

---

1. 形势：权势。
2. 趑趄：欲行又止，犹豫不前。
3. 嗫嚅：吞吞吐吐，欲言又止。
4. 刑辟：刑法、刑罚。
5. 维：句首助词，无意义。
6. 沿：溯沿、顺着走。
7. 阻：险阻。
8. 廓：广大，宽阔。
9. 呵禁：喝止。
10. 膏：用油脂涂抹。
11. 秣：喂养（马匹）。

愚溪诗序

柳宗元

　　灌水[1]之阳[2]有溪焉，东流入于潇水[3]。或曰："冉氏尝居也，故姓是溪为冉溪。"或曰："可以染也，名之以其能，故谓之染溪。"余以愚触罪，谪[4]潇水上。爱是溪，入二三里，得其尤绝[5]者家焉。古有愚公谷，今余家[6]是溪，而名莫能定，土之居者犹断断[7]然，不可以不更也，故更之为愚溪。

　　愚溪之上，买小丘，为愚丘。自愚丘东北行六十步，得泉焉，又买居之，为愚泉。愚泉凡六穴，皆出山下平地，盖上出也。合流屈曲而南，为愚沟。遂负土累石，塞其隘[8]，

1. 灌水：潇水的支流，源出广西灌阳西南。
2. 阳：山的南面，水的北面。
3. 潇水：湘江的支流，源出湖南道县的潇山。
4. 谪：贬官降职或流放。
5. 尤绝：（风景）特别绝妙。
6. 家：安家。
7. 断断：争辩的样子。
8. 隘：狭窄的地方。

为愚池。愚池之东为愚堂，其南为愚亭，池之中为愚岛。嘉木[1]异石错置，皆山水之奇者，以余故，咸以愚辱[2]焉。

夫水，智者乐也[3]。今是溪独见辱于愚，何哉？盖其流甚下[4]，不可以溉灌，又峻急，多坻石[5]，大舟不可入也；幽邃浅狭，蛟龙不屑，不能兴云雨。无以利世，而适[6]类于余，然则虽辱而愚之，可也。

宁武子"邦无道则愚[7]"，智而为愚者也；颜子"终日不违如愚[8]"，睿而为愚者也。皆不得为真愚。今余遭有道，而违于理，悖[9]于事，故凡为愚者莫我若也。夫然，则天下

---

1. 嘉木：美好的树木。

2. 辱：被辱没。

3. 智者乐也：是聪明智慧的人所喜爱的。语出《论语·雍也》："知（智）者乐水，仁者乐山。"乐：爱好，喜爱。

4. 下：低下。

5. 坻石：水中高起的石头。

6. 适：恰好。

7. 邦无道则愚：语出《论语·公冶长》："宁武子邦有道则知（智），邦无道则愚（佯愚）。其知可及也，其愚不可及也。"

8. 终日不违如愚：语出《论语·为政》："吾与回言，终日不违如愚。退而省其私，亦足以发。回也不愚。"

9. 悖：违反。

莫能争是¹溪，余得专而名焉。

　　溪虽莫利于世，而善鉴²万类，清莹秀澈，锵鸣金石³，能使愚者喜笑眷慕⁴，乐而不能去也。余虽不合于俗，亦颇以文墨自慰，漱涤⁵万物，牢笼⁶百态，而无所避之。以愚辞歌愚溪，则茫然而不违，昏然⁷而同归，超鸿蒙⁸，混希夷⁹，寂寥而莫我知也。于是作《八愚诗》，纪¹⁰于溪石上。

---

1. 是：这。

2. 鉴：照视。

3. 锵鸣金石：（水流）能发出金石般悦耳的声音。

4. 眷慕：眷恋、爱慕。

5. 漱涤：洗涤。

6. 牢笼：包罗。

7. 昏然：糊涂的状态。

8. 鸿蒙：指宇宙形成以前的混沌状态。语出《庄子·在宥》："云将东游，过扶摇之枝，而适遭鸿蒙。"

9. 希夷：虚寂玄妙的境界。语出《老子》："视之不见名曰夷，听之不闻名曰希，搏之不得名曰微。此三者，不可致诘，故混而为一。"这是道家所指的一种形神俱忘、空虚无我的境界。

10. 纪：通"记"。

秋声赋

欧阳修

　　欧阳子方[1]夜读书，闻有声自西南来者，悚然[2]而听之，曰："异哉！初淅沥以潇飒，忽奔腾而砰湃[3]，如波涛夜惊，风雨骤至。其触于物也，铮铮铮铮[4]，金铁皆鸣。又如赴敌之兵，衔枚[5]疾走，不闻号令，但闻人马之行声。"予谓童子："此何声也？汝出视之。"童子曰："星月皎洁，明河[6]在天。四无人声，声在树间。"

---

1. 方：正在。

2. 悚然：惊惧的样子。

3. 砰湃：波涛撞击的样子。

4. 铮铮铮铮：形容金属相击的声音。

5. 衔枚：古时行军或者袭击敌军时，让士兵衔枚以防出声。枚，形如筷，衔于口中以防喧哗。

6. 明河：银河。

余曰："噫嘻，悲哉！此秋声也，胡为乎来哉？盖夫秋之为状[1]也，其色惨淡，烟霏云敛[2]；其容清明，天高日晶[3]；其气栗冽[4]，砭[5]人肌骨；其意萧条，山川寂寥。故其为声也，凄凄切切，呼号奋发。丰草绿缛[6]而争茂，佳木葱茏而可悦，草拂之而色变，木遭之而叶脱。其所以摧败零落者，乃一气[7]之余烈[8]。夫秋，刑官[9]也，于时[10]为阴；又兵象[11]也，于行[12]为金。是谓天地之义气[13]，常以肃杀而为心。天之

---

1. 状：样貌。

2. 烟霏云敛：烟雾弥漫，云气密聚。

3. 日晶：日光明亮。

4. 栗冽：严寒的样子。也作"栗烈"。

5. 砭：刺。

6. 绿缛：碧绿繁密。

7. 一气：指秋气。

8. 余烈：余威。

9. 刑官：执掌刑狱的官。《周礼》把官职与天、地、春、夏、秋、冬相配称为
   六官。秋天肃杀万物，所以司寇为秋官，执掌刑法，称刑官。

10. 时：时序。

11. 兵象：用兵的象征。

12. 行：五行。

13. 义气：刚正之气。

于物，春生秋实，故其在乐也，商声主西方之音，夷则为七月之律。商，伤也，物既老而悲伤；夷，戮也，物过盛而当杀。

"嗟夫！草木无情，有时飘零。人为动物，惟物之灵，百忧感其心，万事劳其形，有动乎中[1]，必摇其精[2]。而况思其力之所不及，忧其智之所不能，宜其渥然[3]丹者为槁木，黟然[4]黑者为星星。奈何非金石之质，欲与草木而争荣？念谁为之戕贼[5]，亦何恨乎秋声？"

童子莫对，垂头而睡。但闻四壁虫声唧唧，如助余之叹息。

---

1. 中：内心。
2. 精：精神。
3. 渥然：色泽红润的样子。
4. 黟然：黑色。
5. 戕贼：摧残、伤害。

苏轼

前赤壁赋

　　壬戌之秋，七月既望[1]，苏子与客泛舟游于赤壁之下。清风徐来，水波不兴。举酒属[2]客，诵《明月》之诗，歌"窈窕"之章。少焉，月出于东山之上，徘徊于斗、牛[3]之间。白露横江，水光接天。纵一苇[4]之所如，凌万顷之茫然。浩浩乎如[5]冯虚[6]御风，而不知其所止，飘飘乎如遗世

---

1. 既望：过了望日，即农历十六日。望，指农历每月十五日。

2. 属：劝请，邀。

3. 斗、牛：斗宿和牛宿，都是星宿名。

4. 一苇：指小船（比喻船很小，像一片苇叶），语出《诗经·卫风·河广》："谁谓河广，一苇杭（航）之。"

5. 如：往。

6. 冯虚：凌空。冯，通"凭"，依靠。虚，天空。

独立，羽化¹而登仙。

于是饮酒乐甚，扣舷而歌之。歌曰："桂棹兮兰桨，击空明²兮溯流光³。渺渺兮予怀，望美人⁴兮天一方。"客有吹洞箫者，依歌而和之。其声呜呜然，如怨如慕，如泣如诉，余音袅袅，不绝如缕。舞⁵幽壑之潜蛟，泣孤舟之嫠妇⁶。

苏子愀然⁷，正襟危坐而问客曰："何为其然⁸也？"客曰："'月明星稀，乌鹊南飞'，此非曹孟德之诗乎？西望夏口，东望武昌，山川相缪⁹，郁乎苍苍，此非孟德之困于周郎者乎？方¹⁰其破荆州，下江陵，顺流而东也，舳舻¹¹千

---

1. 羽化：道教称人飞升成仙。
2. 空明：月光下的清波。
3. 流光：江面上浮动的月光。
4. 美人：指所思慕的人，古代常用来作为圣主贤臣或者美好理想的象征。
5. 舞：使……起舞。
6. 嫠妇：寡妇。
7. 愀然：忧愁的样子。
8. 然：这样。
9. 缪：缠绕。
10. 方：当。
11. 舳舻：船头和船尾的并称，泛指首尾相接的船只。

里，旌旗蔽空，酾酒[1]临江，横槊赋诗，固一世之雄也，而今安在[2]哉？况吾与子渔樵于江渚之上，侣[3]鱼虾而友[4]麋鹿，驾一叶之扁舟，举匏樽[5]以相属。寄蜉蝣[6]于天地，渺沧海之一粟[7]，哀吾生之须臾[8]，羡长江之无穷。挟飞仙以遨游，抱明月而长终。知不可乎骤得[9]，托遗响于悲风。"

　　苏子曰："客亦知夫水与月乎？逝者如斯，而未尝往也；盈虚者如彼，而卒[10]莫消长也。盖将自其变者而观之，则天地曾[11]不能以[12]一瞬；自其不变者而观之，则物与我皆

---

1. 酾酒：斟酒。

2. 安在："在安"的倒装，在哪里。

3. 侣：以……为伴侣。

4. 友：以……为朋友。

5. 匏樽：用葫芦做成的酒器。

6. 蜉蝣：一种小飞虫，夏秋之交生于水边，生存期很短，古人说它朝生暮死。文中用来比喻人生的短暂。

7. 粟：谷子的籽实，俗称小米。《山海经·南山经》："多丹粟。"郭璞注："细丹砂如粟也。"

8. 须臾：片刻，表时间的短暂。

9. 骤得：立刻得到。

10. 卒：最终。

11. 曾：竟然，表示出乎意料。

12. 以：通"已"，停止。

无尽也，而又何羡乎？且夫天地之间，物各有主，苟非吾之所有，虽一毫而莫取。惟江上之清风，与山间之明月，耳得之而为声，目遇之而成色，取之无禁，用之不竭。是造物者之无尽藏[1]也，而吾与子之所共适。"

　　客喜而笑，洗盏更酌，肴核既尽，杯盘狼藉，相与枕藉[2]乎舟中，不知东方之既白。

---

1. 藏：宝藏。
2. 枕藉：交错地躺在一起。

后赤壁赋

苏轼

　　是岁十月之望¹，步自雪堂，将归于临皋。二客从予，过黄泥之坂。霜露既降，木叶尽脱，人影在地，仰见明月。顾而乐之，行歌²相答。已而叹曰："有客无酒，有酒无肴。月白风清，如此良夜何？"客曰："今者薄暮，举网得鱼，巨口细鳞，状如松江之鲈。顾³安所得酒乎？"归而谋诸妇。妇曰："我有斗酒，藏之久矣，以待子不时之需⁴。"

　　于是携酒与鱼，复游于赤壁之下。江流有声，断岸千尺。山高月小，水落石出。曾日月之几何⁵，而江山不可复

---

1. 望：望日，天文学上指月亮圆的那一天。即农历每月十五日。
2. 行歌：边行走边歌唱，借以抒发自己的感情和志向。
3. 顾：不过，只是。
4. 不时之需：随时的，不是预定时间的需要。
5. 几何：指数目上的多少。

识矣！予乃摄衣[1]而上，履巉岩，披[2]蒙茸[3]，踞[4]虎豹，登虬龙，攀栖鹘之危巢，俯冯夷之幽宫[5]。盖二客不能从焉。划然[6]长啸，草木震动，山鸣谷应，风起水涌。予亦悄然而悲，肃然而恐，凛乎其不可留也。反而登舟，放乎中流，听其所止而休焉。时夜将半，四顾寂寥。适有孤鹤，横江东来，翅如车轮，玄裳缟衣，戛然长鸣，掠予舟而西也。

须臾客去，予亦就睡。梦一道士，羽衣蹁跹[7]，过临皋之下，揖予而言曰："赤壁之游乐乎？"问其姓名，俯而不答。"呜呼噫嘻！我知之矣！畴昔[8]之夜，飞鸣而过我者，非子也邪？"道士顾笑，予亦惊寤[9]。开户视之，不见其处。

---

1. 摄衣：提起衣襟。

2. 披：分开，拨开。

3. 蒙茸：纷乱的草木。

4. 踞：蹲坐。

5. 冯夷之幽宫：水神冯夷的深宫。文中指长江。

6. 划然：象声词。

7. 蹁跹：飘逸飞动的样子。

8. 畴昔：往日，过去。

9. 惊寤：惊醒。

书法

本辑书法
均为余秋雨先生本人书写

離騷

帝高陽之苗裔兮，朕
皇考曰伯庸。攝提
貞於孟陬兮，惟庚
寅吾以降。皇覽

汩余若将不及兮，恐年岁之不吾与。朝搴阰之木兰兮，夕揽洲之宿莽。日月忽其不淹兮，春与秋其代序。惟

曰黄昏以為期兮羌中
道而改路初既與余
成言兮後悔遁而有
他余既不難夫離別
兮傷靈修之數化

立朝飲木蘭之墜露
兮夕餐秋菊之落英
苟余情其信姱以練要
兮長顑頷亦何傷擥
木根以結茝兮貫薜荔

申之以揽茝，亦余心之
所善兮，虽九死其犹
未悔。怨灵修之浩
荡兮，终不察夫民心。
众女嫉余之蛾眉兮，谣

已多余不忍此也学

之不爱之自乎老而

固然行方圆之使用

之大敏异道而杨安

屈心而抑志乎忍尤

不吾知其亦已兮

苟余情其信芳高余冠

之岌岌兮长余佩之陆

离芳与泽其杂糅兮

唯昭质其犹未亏忽

岁难皆解吾将未衰

忘生余忘之一了遗以

泊之弹媛之申之

呈之回鲹婷真以已

身之终生张羽之

董萊羸以身率物

稍頗而不服眾不了

戶謚為獨立察余之中

情去再舉而如朋之夫

何流鳴而不予德任

之計極夫巍巍小善

兩一丁用兮筑小善而死兮

可顧貼余身而霍死兮

覽余初兮將末梅公

量擎兮正柳兮周兮

紛總總其離合兮　斑陸離其上下兮　吾令帝閽開關兮　倚閶闔而望予　時曖曖其將罷兮　結幽蘭而延佇

余犹恶其佻巧

心犹豫而狐疑兮，欲自

适而不可。凤皇既受

诒兮，恐高辛之先我。

欲远集而无所止兮

释如何而物芳芳
草芳采何怅而故学
之幽味以娃曜多飘云
察余之善恶民好恶亡
不同为唯此觉人而物

为又竹悵手故郡晚

莫足与為美政多事

恰從起戎之所居

右座原雜驢全文

余秋曲書

逍遥游

北冥有鱼，其名为鲲。鲲之大，不知其几千里也；化而为鸟，其名为鹏。鹏之背，不知其几千里也；怒而飞，其翼若垂天之云。是鸟也，海运则将徙于南冥。

至貴大夏之業也故九年生□然

新之以生乃及乃之復而皆貴

馬之而善之天閒君曰復□下

故閒而棚與子鴻□之曰然次

起而元於稿而上時名不玉南

控書地而巳吾復心九美王三也

為遒善參考三逸所及致使不能
逐可畏者當暑種遂千宝朱三月
最絶之二體又因出小異不以大少
心�ず不及大年愛以至絶也趣
首不合鳴將地帖不宝枣林此小
羊也参之南舄三冤靈考以者茇

其名为鹏　背

怒而飞其翼若

垂天之云抟扶摇而上者九

万里海运则将徙于南

冥南冥者天池也齐

谐者志怪者也谐之言曰鹏

之徙于南冥也水击

三千里抟扶摇而上者九万里

咲き匂ふ花をこそ見るらんが勤めそ

ひ咲くうこそふか迫で身ゆかさな相ま

栄庵之後利已き性女作を未

数を性や陸谷作れ未橋や夫子ま

沖風うりに性美七句乃号召

市山反岐作弦福末末数々性世

是漆而不能止如曰日月焉
将久而不息至於光也不久難乎有恆
但言曰修道進至於洋也不久
方言之不曰高於尸之
吾有祝歉坐達致之不止由曰子
但之不既已涸也可久於代子之

予岂不用飞而小为庵人能不污庵尸
秋不钱将坦可以之事府吾问书
速料回至少作撰真大可草
岁佳可小反吾鹜妆至之妈河
涤可草梅也大吾运庵公近人
传写速草回至言河以孙口笔

必然吾以是狂言不信也遂忤阳以
皆老夫以为子文章之观非子
莫以与锺繇之辈岂挂齿牙孩子
将后甚矣吾衰二子之恶至言也
作时如也之人也淡也恬为雕虫物
以为一字新与旧执然之争以之

頫映然之此而之陽官然衰至久

不寫直至語莊子曰然至昭奇大辯

之極而格之求而實五不以書乃

勢至空不然与柔也剥之以為輆

空勢居書而寫死又以然大也專

為至其用而信之莊子曰夫孔子固然

也然为大乎而不能执其之子
乎大瓠惠子曰五石以水浆之坚
吾为无用而掊之庄子曰夫子
至剖之迨至瓢则瓠落无所容非
非不呺然大也而不困者乎

右庄子逍遥游节录全文

余晓雨书

赤壁賦

壬戌之秋，七月既望，蘇子與客泛舟遊於赤壁之下。清風徐來，水波

萬頃之茫然

而如馮虛御風

乎不知其所止飄

乎如遺世獨立羽

化而登仙於是飲

客有吹洞簫者
倚歌而和之其聲
嗚嗚然如怨如慕
如泣如訴餘音嫋嫋
不絕如縷舞幽壑之

何为其然也客曰月
明星稀乌鹊南
飞此非曹孟德之
诗乎西望夏口东
望武昌山川相缪

寄蜉蝣於天地，渺滄海之一粟。哀吾生之須臾，羨長江之無窮。挾飛仙以遨遊，抱明月而

者曰客亦知夫水

与月乎逝者如斯

而未尝往也盈虚

者如彼而卒莫消

长也盖将自其变

者而觀之則天地曾

不能以一瞬自其不

變者而觀之則物

與我皆無盡也而

又何羨乎且夫天

肴核既尽，杯盘狼藉，相与枕藉乎舟中，不知东方之既白。

余秋雨書

■ 附：余秋雨文化大事记

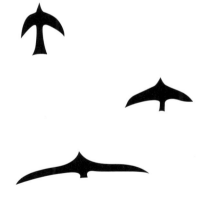

简要索引资料

姓　　名　余秋雨（从未用过笔名、别名）

国　　籍　中国

民　　族　汉族

出 生 地　浙江省余姚县（今慈溪）

出生日期　1946.08.23

主要成就　建立了"时间意义上的中国文化、空间意义上的
中国文化、人格意义上的中国文化、审美意义上的中国文化"四
大研究方位，出版相关著作二十卷而享誉海内外。文学写作，拥
有当代华文世界最多的读者。

1. 名家评论

余秋雨先生把唐宋八大家所建立的散文尊严又一次唤醒了，
他重铸了唐宋八大家诗化地思索天下的灵魂。他的著作，至今仍
是世界各国华人社区的读书会读得最多的"第一书目"。他创造
了中华文化在当代世界罕见的向心力奇迹，我们应该向他致以最
高的敬意。

——白先勇

余秋雨无疑拓展了当今文学的天空，贡献巨大。这样的人才百年难得，历史将会敬重。

——贾平凹

北京有年轻人为了调侃我，说浙江人不会写文章。就算我不会，但浙江人里还有鲁迅和余秋雨。

——金庸

中国散文，在朱自清和钱锺书之后，出了余秋雨。

——余光中

余秋雨先生每次到台湾演讲，都在社会上激发起新一波的人文省思。海内外的中国人，都变成了余先生诠释中华文化的读者与听众。

——美国威斯康星大学荣誉教授　高希均

余秋雨先生对中国文化的贡献功不可没。他三次来美国演讲，无论是在联合国的国际舞台，还是在华美人文学会、哥伦比亚大学、哈佛大学、纽约大学或国会图书馆的学术舞台，都为中国了解世界、世界了解中国搭建了新的桥梁。他当之无愧是引领读者泛舟世界文明长河的引路人。

——联合国中文组组长　何勇

秋雨先生的作品，优美、典雅、确切，兼具哲思和文献价值。他对于我这样的读者，正用得上李义山的诗："高松出众木，伴我向天涯。"

——纽约人文学会共同主席　汪班

2. 文化大事记

1946 年 8 月 23 日出生于浙江省余姚县桥头镇，在家乡读完小学。

1957 年——1963 年，先后就读于上海新会中学、晋元中学、培进中学至高中毕业。其间，曾获上海市作文比赛首奖、上海市数学竞赛大奖。

1963 年考入当年最难考的上海戏剧学院戏剧文学系，但入学后以下乡参加农业劳动为主。1966 年夏天遇到"文革"灾难，家破人亡。父亲余学文先生因被检举有"错误言论"而关押十年，全家八口人经济来源断绝；唯一能接济的叔叔余志士先生又被造反派暴徒迫害致死。在饥寒交迫之中，1968 年被发配到军垦农场服劳役，每天从天不亮劳动到天全黑，极端艰苦。

1971 年 "9·13" 事件后，周恩来总理为抢救教育而布置复课、编教材。从农场回上海后被分配到复旦大学鲁迅教材编写组，但自己择定的主要任务，是冒险潜入上海戏剧学院和复旦大学外文书库独自编写《世界戏剧学》，与当时以"八个革命样板戏"扫荡一切文化的极左专制主义对抗。

1976 年初，编写教材被批判为"右倾翻案"，便逃到浙江省奉化县大桥镇半山一座封闭的老藏书楼研读中国古代文献，直至此年 10 月"文革"结束，下山返回上海。

1977 年——1985 年投入重建当代文化的学术大潮，陆续出版了《世界戏剧学》《中国戏剧史》《观众心理学》《艺术创造学》《Some Observations on the Aesthetics of Primitive Theatre》等一系列学术著作，先后获全国优秀教材一等奖、上海哲学社会科学著作奖、全国戏剧理论著作奖。其中，独自在灾难时期开始编写的《世界戏剧学》，出版至今三十余年仍是全国在这一学科的唯一权威教材，直到 2014 年一年内还被三家不同的出版社再版。

1985 年 2 月由上海各大学的学术前辈王元化、蒋孔阳、伍蠡甫等资深教授联名推荐，在没有担任过副教授的情况下直接晋升为正教授，是当时全国最年轻的文科正教授。

1986 年 3 月，因国家文化部在上海戏剧学院举行的三次民意测验中均名列第一，被任命为上海戏剧学院副院长、院长，为

当时全国最年轻的高校校长。主持工作一年后，即被文化部教育
司表彰为"最有现代管理能力的四名院长"之一。与此同时，又
出任上海市咨询策划顾问、上海市写作学会会长、上海市中文专
业教授评审组组长兼艺术专业教授评审组组长。被授予"国家级
突出贡献专家""上海十大高教精英"荣誉称号。

　　1989 年—1991 年，婉拒了升任几个省部级职位的征询，并
开始向国家文化部递交辞去院长职务的报告。辞职报告先后共递
交了 23 次，终于在 1991 年 7 月获准辞去一切行政职务，包括
多种荣誉职务和挂名职务。辞职后，孤身一人从西北高原开始，
系统考察中国文化的全部重要遗址。当时确定的考察主题是"穿
越百年血泪，寻找千年辉煌"。在考察沿途所写的"文化大散文"
《文化苦旅》《山居笔记》等快速风靡全球华文读书界，被称为
"印刷量最大的现代华文文学书籍"。他也由此成为国际间最具影
响力的华文作家之一。

　　1991 年 5 月，发表《风雨天一阁》，在全国开启对千百年来
文化收藏壮举的广泛关注。

　　1993 年 1 月，发表《一个王朝的背影》，首次肯定少数民族
王朝入主中原的特殊生命力，重新评价康熙皇帝，开启此后多年
"清宫戏"的拍摄热潮。

　　1993 年 3 月，发表《流放者的土地》，首次揭露清朝统治集

团迫害和流放知识分子的凶残面目，以及由此产生的不屈的"流放文化"。

1993 年 7 月，发表《苏东坡突围》，刻画了中国文化史上最可爱、最可亲的人格典范，揭示中国知识分子所必然面临的一层层来自朝廷和同行的酷烈包围圈，以及"突围"的艰难。此文被两岸三地的报刊广为转载。

1993 年 9 月，发表《千年庭院》，首次用散文方式梳理了中国古代最优秀的教学方式——书院文化。

1993 年 11 月，发表《抱愧山西》，首次向海内外系统描述了中国古代最成功的商业奇迹——晋商文化。由于中国传统文化历来轻视商业文明，因此，全文一开始就抱持着一种隔代的惭愧心态和追寻心态，为当时正在崛起的经济热潮寻得了一个陌生而又感人的古代范本。此文发表后一时读者无数，连很多高官也争相传诵。

1994 年 3 月，发表《天涯故事》，首次系统地论述沉埋已久的海南岛文化的历史框架，并把海南岛文化归纳为"生态文明"和"家园文明"，主张以旅游为其发展前景。

1994 年 5 月—7 月，发表长篇作品《十万进士》（上、下），首次清理千年科举制度对中国文化的正面意义和负面意义。

1994 年 9 月，发表《遥远的绝响》，描述魏晋名士对中国文化的震撼性记忆，格调高尚凄美，一时轰动文坛。

1994年11月，发表《历史的暗角》，首次清理"小人"在中国文化中的隐形破坏作用，以及古今君子对这个庞大群体的无奈。发表后在两岸三地引起巨大反响，被公认为"研究中国负面人格的开山之作"。

1996年7月，多家媒体经调查共同确认余秋雨为"全国被盗版最严重的写作人"，他的著作的盗版量大约是正版的18倍。由此被邀请成为"北京反盗版联盟"的唯一个人会员，并被聘为"全国扫黄打非督导员（督察证为B027号）"。

1998年6月，新加坡召集规模盛大的"跨世纪文化对话"而震动华文世界。对话主角是四个华裔学者，除首席余秋雨教授外，还有哈佛大学的杜维明教授、威斯康星大学的高希均教授和新加坡大艺术家陈瑞献先生。余秋雨的演讲题目是《第四座桥》。

1999年开始，主持香港凤凰卫视对人类各大文明遗址的历史性考察，成为目前世界上唯一贴地穿越数万公里危险地区的人文教授，也是"9·11"事件之前最早向文明世界报告恐怖主义控制地区实际状况的学者。由此被日本《朝日新闻》选为"跨世纪十大国际人物"。

从2000年开始，由于环球考察的逐日直播在海内外所造成的巨大影响，国内某些媒体为了追求"逆反刺激"的市场效应发起诽谤浪潮。先由北京大学一个学生误信了一个上海极左派文人的谎言进行颠倒批判，即把周恩来总理为了抢救教育而布置的教材编写说成是"文革写作"，并误植了那个上海文人自己参与的笔名"石一歌"。由此，形成十余年没有实际证据支撑的批判大潮，并随之出现了一批"啃余族"，主要由"文革"残余势力组成。据杨长勋教授统计，由官方媒体发表的诽谤文章多达一千八百多篇。余秋雨先生对所有的诽谤没有作任何反驳和回击，他说："马行千里，不洗尘沙。"

2003 年 7 月，由于多年来在一项电视文化竞赛栏目中主持"综合文史素质测试"而成为全国观众的最高收视热点，上海一个当年的造反派首领就趁势做逆反文章，声称《文化苦旅》中有很多"文史差错"，全国有 156 家报刊转载。10 月 19 日，我国当代著名文史权威章培恒教授发文指出，经他审读，那个人的文章完全是"攻击"和"诬陷"，那个人自己的"文史知识"连一个高中生也不如。对此，156 家报刊都不予报道，不作更正。

2004 年 2 月，由于有关"石一歌"的诽谤浪潮已经延续四年仍无消停迹象，余秋雨本人就采取了"悬赏"的办法，宣布"只要证明本人曾用这个笔名写过一篇、一段、一节、一行、一句这种文章，立即支付全年高额薪金"，还公布了执行律师的姓名。"悬赏"整整十二年后无人领赏，余秋雨宣布悬赏期结束，以一篇《"石一歌"事件》作出轻松总结。

2004 年 3 月，参加联合国开发计划署《人类发展报告》的设计、研讨和审核。2004 年年底，被联合国教科文组织、北京大学、《中华英才》杂志等单位选为"中国十大文化精英""中国文化传播坐标人物"。

2005 年 4 月，应邀赴美国巡回演讲：

1. 4 月 9 日讲《中国文化的困境和出路》（在纽约大学亨特学院）；

2. 4 月 10 日讲《中国知识分子的问题所在》（在北美华文作家协会）；

3. 4 月 12 日上午讲《空间意义上的中华文化》（在马里兰大学）；

4. 4 月 12 日下午讲《君子的脚步》（在华盛顿国会图书馆）；

5. 4 月 13 日讲《时间意义上的中华文化》（在耶鲁大学）；

6. 4 月 15 日讲《中国文化所追求的集体人格》（在哈佛大学）；

7. 4 月 17 日讲《中华文化的三大优势和四大泥潭》（在休斯敦美南华文写作协会）。

2005 年 7 月 20 日在联合国"世界文明大会"上发表主题演讲《利玛窦的结论》，论述中华文明自古以来的非侵略本性，引起极大轰动。演说的论据，后来一再被各国政界、学界引用。

2005 年—2008 年，被香港浸会大学聘请为"健全人格教育奠基教授"，每年在香港工作时间不低于半年。

2007 年 1 月，发表《问卜中华》，详尽叙述了甲骨文的出土在中华文明濒临湮灭的二十世纪初年所带来的神奇力量，同时论述了商代的历史面貌。

2007 年 3 月，发表《古道西风》，系统叙述了中华文化的两大始祖老子和孔子的精神风采。

2007 年 5 月，发表《稷下学宫》，对比古希腊的雅典学院，首度将两千年前东西方两大学术中心进行对比。

2007 年 7 月，发表《黑色的光亮》，以充满感情的笔触表现了被中国文化史长期冷落的平民思想家墨子的人格光辉。

2007 年 9 月，发表《诗人是什么》，论述"中国第一诗人"屈原为华夏文明注入的诗化魂魄，分析了他获得全民每年纪念的原因，并解释了一些历史误会。

2007 年 11 月，发表《历史的母本》，以最高坐标评价了司马迁为整个中华民族带来的历史理性、历史品格和历史力量。

2008 年 5 月 12 日，中国发生"汶川大地震"，第一时间赶到灾区参加救援，并不断在现场对灾区民众、救援人员发表演讲。见到遇难学生留在废墟间的破残课本，决定独资捐建三个学生图书馆。但是由于每本书籍须由自己亲自挑选和购买，捐助款项不

可能从中国红十字会账户中查到，因此被人在网络上炒作成"诈
捐"，在全国范围喧闹了两个月之久。后由灾区教育局一再说明
捐建实情，又由王蒙、冯骥才、张贤亮、贾平凹、刘诗昆、白
先勇、余光中等名家纷纷为三个学生图书馆题词，风波才得以
平息。

2008 年 9 月，上海市教育委员会颁授成立"余秋雨大师工作
室"（此前上海教育系统仅有一所"周小燕大师工作室"）。上海
市静安区政府决定为"余秋雨大师工作室"赠建办公小楼。

2010 年 1 月，《扬子晚报》在全国青少年读者中问卷调查
"你最喜爱的中国当代作家"，余秋雨名列第一。"冠军奖座"是
钱为教授雕塑的余秋雨铜像。此后，国内诸多报刊都做过类似的
问卷调查，余秋雨的名次始终遥遥领先。

2010 年 3 月 27 日获澳门科技大学所颁"荣誉文学博士"称
号。同时获颁荣誉博士称号的有袁隆平、钟南山、欧阳自远、孙
家栋等专家。

2010 年 4 月 30 日，接受澳门科技大学任命，出任该校人文
艺术学院院长。宣布在任期间每年年薪五十万元港币全数捐献，
作为设计专业和传播专业研究生的奖学金。

2010 年 5 月 21 日，联合国发布自成立以来第一份以文化为
主题的"世界报告"，发布仪式的主要环节，是联合国教科文组

织总干事博科娃女士与余秋雨先生进行一场对话。余秋雨在对话中发言的标题为《驳亨廷顿"文明冲突论"》。

2011 年 10 月 10 日，写作《一个转折点》一文，以亲身经历为"文革"十年划分出四个时期，在同类研究中是一个首创。不久，又发表《文化之痛》一文，揭示"文革"浩劫的文化本质，严厉批判目前社会上为"文革"翻案的逆流。本文还从"文化梦魇"的角度，论述"文革"式的思维在中国有很深的文化土壤，我们必须对此保持强烈的痛感。

2012 年 1 月—9 月，最终完成以莱辛式的"极品解析"方法来综述中国美学的著作《极品美学》。

2012 年 10 月 12 日，中国艺术研究院在北京成立"秋雨书院"，首都大批著名学者、艺术家、官员、企业家到场热烈祝贺。该书院是一个培养博士生的高层教学机构，现培养两个专业的博士研究生：一、中国文化史专业；二、中国艺术史专业。

2013 年 10 月 18 日下午，再度应邀赴美国纽约联合国总部大厦演讲《中华文化为何长寿》。当天联合国网站将此演讲列为第一要闻。

2013 年 10 月 20 日，在纽约大学演讲《中国文脉简述》。

2013 年 12 月，完成庄子《逍遥游》的巨幅行书书写，并将《逍遥游》译成可诵可吟的现代散文。

2014 年 1 月，完成屈原《离骚》的巨幅行书书写，并将《离骚》译成可诵可吟的现代散文。

2014 年 1 月 25 日—31 日，完成《祭笔》。此文概括了作者自己握笔写作的全部人生历程，记述了"文革"时期和"苦旅"时期的艰辛笔墨，更是以沉痛的心情回顾了从二十世纪九十年代以来难以想象的文化遭遇。

2014 年 3 月，发表以现代思维解析《般若波罗蜜多心经》的文章《解经修行》，由此启动一项精神哲学研究工程，即从佛学、道学、玄学、心学等精神文化资源中，梳理历代中国修行者心灵安置的脉络，写成《泥步修行》一书。

2014 年 4 月，《余秋雨学术六卷》出版发行。

2014 年 5 月，古典象征主义小说《冰河》（含剧本）出版发行。

2014 年 8 月，系统论述中华文化人格范型的《君子之道》出版发行，立即受到海峡两岸读书界的热烈欢迎。

2014 年 10 月，《秋雨合集》二十二卷出版发行。

2014 年 10 月 28 日，出任上海图书馆理事长。

2015 年 3 月，再度应邀在台湾大学和台湾各大城市进行"环岛巡回演讲"，自台北市、新北市、台中市到高雄市。双目失明的星云大师亲率僧侣团队到高雄车站长时间等待和迎接。当地传媒人士说，即使外国总统来访，星云大师也不会亲到车站迎接。

这是余秋雨自 1991 年首度访问台湾后第四次大规模的环岛演讲。本次演讲的主题是《中华文化和君子之道》。

2015 年 4 月，悬疑推理小说《空岛》和人生哲理小说《信客》出版发行。

2016 年 11 月，被选为世界余氏宗亲会名誉会长。

2017 年，中华书局编辑出版《中华文化读本》七卷，均选自余秋雨著作。

3. 配偶情况

妻子马兰，一代黄梅戏表演艺术家，是迄今国内囊括舞台剧、电视剧全部最高奖项的唯一人；荣获美国林肯艺术中心、纽约市文化局、美华协会联合颁发的"亚洲最佳艺术家终身成就奖"。她是这一重大奖项的最年轻获奖者。马兰的主要舞台剧演出，大多由余秋雨亲自编剧。十五年前，马兰因几度婉拒参加省里的"重要联欢会"而被"冷冻"，失去工作。夫妻俩目前主要居住在上海。

2013 年 4 月 24 日，上海一个"啃余族"在网络上编造《马兰离婚声明》，又一次轰传全国。马兰第二天就"真身显现"，劝那个人不要再无聊下去了。她还向远近朋友们介绍了余秋雨长期以来远离官场、远离文坛、不用手机、不听流言的纯净生态，宣布"若有下辈子，还会嫁给他"。

4. 创作特色

（从大陆和台湾三篇专业评论中摘录——）

第一，余秋雨先生在写作散文之前，就已经是一位学贯中西、著作等身的大学者。一切能够用学术方式表达清楚的各种观念，他早已在几百万言的学术著作中说清楚。因此，他写散文，是要呈现一种学术著作无法呈现的另类基调，那就是白先勇先生赞扬他的那句话："诗化地思索天下。"他笔下的"诗化"灵魂，是"给一系列宏大的精神悖论提供感性仪式"。

第二，余秋雨先生写作散文前已经有过深切的人生体验。他出生在文化蕴藏深厚的乡村，经历过十年浩劫的家破人亡，又在灾难之后被推举为厅局级高等院校首长，还感受过辞职前后的苍茫心境，更是走遍了中国和世界。把这一切加在一起，他就接通了深厚的地气，深知中国的穴位何在，中国人的魂魄何在。因此，他所选的写作题目，总能在第一时间震动千万读者的内心。即使讲历史、讲学问，也没有任何心理隔阂。这与一般的"名士散文""沙龙散文""小资散文""文艺散文""公知散文""愤青散文"有极大的区别。

第三，余秋雨先生在小说、戏剧方面的创作，皈依的是欧洲二十世纪最有成就的"通俗象征主义"美学。诚如他在《冰河》的"自序"中所说："为生命哲学披上通俗情节的外衣；为重构历史设计貌似历史的游戏。"更大胆的是，《空岛》的表层是历史纪实和悬疑推理，而内层却是"意义的彼岸"。这种"通俗象征主义"表现了高超的创作智慧，成功地把深刻的哲理融化在人人都能接受的生动故事之中。

5. 获奖记录

说明：平生获奖无数，除了大家都知道的鲁迅文学奖和诸多散文一等奖、特等奖、文化贡献奖、超级畅销奖外，还有一些比较安静的奖项，例如——

1984 年全国戏剧理论著作奖；

1986 年上海哲学社会科学著作奖；

1991 年上海优秀文学艺术奖；

1992 年中国出版奖；

1993 年全国优秀教材一等奖；

1995 年金石堂最有影响力书奖；

1997 年台湾读书人最佳书奖；

1998 年北京《中关村》"最受尊敬的知识分子"奖；

2001 年香港电台最受听众推荐奖；

2002 年台湾白金作家奖;

2002 年马来西亚最受欢迎华语作家奖;

2006 年全球数据测评系统推荐影响百年百位华人奖;

2010 年台湾桂冠文学家奖(设立至今几十年只评出过五位);

2014 年全国美术书籍金牛杯金奖(书法集);

......

(周行、刘超英整理,经大师工作室和书院校核。)

图书在版编目（CIP）数据

古典今译 / 余秋雨著 . -- 北京：作家出版社，2018.6（2023.2重印）
ISBN 978-7-5063-9879-4

Ⅰ. ①古… Ⅱ. ①余… Ⅲ.①散文集 – 中国 – 当代 Ⅳ. ①I267

中国版本图书馆 CIP 数据核字（2018）第 013798 号

古典今译

作　　者：余秋雨
责任编辑：王淑丽
封面设计：孙惟静
封面题字：余秋雨
版式设计：申　雯
文言文校订：宫洪涛
文言文注释：王屏萍
出版发行：作家出版社
社　　址：北京农展馆南里10号　　　　　邮　　编：100125
电话传真：86-10-65930756（出版发行部）
　　　　　86-10-65004079（总编室）
　　　　　86-10-65015116（邮购部）
E-mail:zuojia@zuojia.net.cn
http://www.haozuojia.com（作家在线）
印　　刷：中煤（北京）印务有限公司
成品尺寸：160×210
字　　数：60千
印　　张：12
印　　数：40001-42000
版　　次：2018年6月第1版
印　　次：2023年2月第4次印刷
ISBN 978-7-5063-9879-4
定　　价：38.00元